ERA UMA VEZ UM RIO

Martha Azevedo Pannunzio

ERA UMA VEZ UM RIO

9ª edição

EDITORA
Rio de Janeiro, 2013

© Martha Azevedo Pannunzio

Reservam-se os direitos desta edição à
EDITORA JOSÉ OLYMPIO LTDA.
Rua Argentina, 171 – 3º andar – São Cristóvão
20921-380 – Rio de Janeiro, RJ – República Federativa do Brasil
Tel.: (21) 2585-2060
Printed in Brazil / Impresso no Brasil

Atendimento direto ao leitor:
mdireto@record.com.br
Tel.: (21) 2585-2002

ISBN 978-85-03-00693-4

Capa e ilustração: GLENDA RUBINSTEIN

Livro revisado segundo o novo Acordo Ortográfico da Língua Portuguesa.

CIP-BRASIL. CATALOGAÇÃO NA FONTE
SINDICATO NACIONAL DOS EDITORES DE LIVROS, RJ

	Pannunzio, Martha Azevedo
P22p	Era uma vez um rio / Martha Azevedo Pannunzio. – 9.ed. – Rio de Janeiro: José Olympio, 2013.

ISBN 978-85-03-00693-4

1. Literatura infantojuvenil. I. Título.

	CDD: 028.5
13-0640	CDU: 087.5

Para a professora Nelly Novaes
Coelho, estrela-guia da literatura
infantojuvenil brasileira.

Para o dr. Antônio Hélio Guerra
Vieira Filho, que me ajudou a
encontrar este menino e este rio.

Para a professora Marilena
Schneider, que conhece este rio
como a palma da mão.

E para todos os que amam os rios.

Homenagem

A uma cartógrafa que tinha mãos de fada, se chamava Joaninha e, enquanto nos contava histórias, ia mostrando, nos mapas que ela mesma fizera, onde ficavam a Floresta Negra, a Terra do Nunca, o Sítio do Pica-Pau Amarelo etc. etc. etc. — minha mãe.

A Yuri Alekseievitch Gagarin, cosmonauta soviético que viu primeiro a Terra azul, em 12 de abril de 1961.

A José Gilberto, meu afluente maior, minha maior saudade.

Sumário

Começo	11
Meio	91
Fim	119
Glossário	135
Sobre a autora	139

COMEÇO

Capítulo 1

Era uma vez um rio. O meu.
Era uma vez um menino. Eu.

Capítulo 2

O rio era... era assim... como é que eu explico?... Era cheio de água.

Ai, que bobagem, todo rio é cheio de água!...

O meu tinha girinos pretinhos na espuma da margem. Tinha peixes pequenos que eu via em cardume, nadando desorientados na beira do barranco: lambaris, piabas, timburés, carás...

Creio, aliás, creio, não, tenho certeza absoluta, que ele era igual a todo rio do mundo. Seria? A diferença é que os outros passavam longe, sei lá onde, e o meu passava a três quarteirões da minha casa.

Não era grande nem pequeno. Era médio.
Nem largo nem estreito. Espraiado.
Nem fundo nem raso. Dissimulado.
Nem limpo nem sujo. Turvo.
Nem veloz e nem lerdo. Espevitado.
Nem bom nem perverso. Guloso.
Nem sábio nem burro. Sisudo.
Nem prosa nem mudo: chuá... chuá...
Nenhuma cachoeira por perto,
garganta nenhuma,
na margem, prainha,
no leito, corredeira e marola,
na curva, uma ilha,

*um rebojo aqui,
um rebojo acolá...
Mas tinha uma ponte e a ponte era tudo:
mistério, perigo, travessia e sonho.
A cidade branca acabava na margem de cá
e aí, atravessando a ponte,
uma cidade negra, roceira,
começava na margem de lá
e lentamente subia a ladeira.
O que o rio dividia
a ponte ligava.
De cá gente rica,
de lá gente pobre.
Era assim que eu via
e que eu imaginava.*

Capítulo 3

Na seca, vazio, lajeado, praieiro. Nas águas, bufando, derramando pros lados.

Arreda, meu povo!
Óia o capado rodando!...
Acode!
Óia a carroça descendo a enxurrada!...
Óia a água entrando no rancho!...
Levanta, Zequinha!...
Apruma, Corina!...
Quem ombra vó Lina?
Minha Virgem Maria!
Minha Nossa Senhora!...
Destramela a porteira, Tonico,
solta a tropa na larga,
solta a bezerrada!...
Minha Nossa Senhora!
Minha Santa Luzia!...
Acode, gente,
socooorro!
Jesus amado,
tem piedade de nós!

Capítulo 4

Vira e mexe morria uma gente afogada. Grande. Menino. Canoeiro. Nadador. Pescador. Garimpeiro.

Uma hora era a canoa que virava. Outra hora era desatino de estudante em piquenique de escola. Tinha uns que morriam de congestão, porque pulavam n'água de barriga cheia. Tinha outros que caíam no caldeirão do canal e não davam conta de sair. Sumiam pra nunca mais. Podiam mergulhar os melhores mergulhadores dali. Achava mais não! Só muito tempo depois, muitas léguas abaixo, é que alguém, por acaso, encontrava um corpo mutilado engarranchado em alguma raiz, em alguma curva do rio.

O certo seria falar a verdade, que o morto era um pingaiada de marca maior, que nadava feito machado sem cabo, que sofria do coração, que era epilético, essas coisas mortíferas sabidas por todo mundo. Mas, ao invés de falar a verdade, a cidade inteira, linguaruda, fofoqueira, caluniadora, malvada, perversa, futriqueira, falava: ESSE RIO MONSTRO... ASSASSINO... TRAIÇOEIRO... BANDIDO!...

Eu ficava fulo da vida, arrasado, e ainda por cima ficava de castigo, com coisa que eu não tinha culpa do acontecido!

— Presta atenção, Guto, você está ter-mi-nan-te-men-te proi-bi-do de ir brincar no rio, ouviu bem?

Era um castigão, sabia? Porque era uma penalidade dupla, severa demais para mim, que não tinha nada a ver com a história. Além de não poder brincar no rio, eu ainda ficava impedido de ir lá, até minha mãe esquecer a tragédia. E eu me sentia infeliz demais naqueles dias!

Aquilo era uma mentira tão grande que nem dava para acreditar. Mas, voz do povo, voz de Deus! O que que eu, menino, podia fazer pra defender meu rio?

Capítulo 5

Meu rio não é um monstro. Não é assassino.

Não gosto que xinguem meu rio. Ele não sabe de nada. Tem culpa nenhuma. Culpada é a chuva que choveu feito louca na cabeceira do açude.

Quem é que governa a chuva? Sei lá! Um dia ainda hei de saber. Vou estudar tudinho.

— Onde fica a cabeceira do açude?

— Ali.

— Ali onde?

— Ali em cima.

— Em cima de quê?

— De nada. Trinta léguas pra cima.

— Pra cima de onde?

— Pra cima daqui. Pra trás, subindo a corrente.

— Me leva?

— Tá maluco, moleque?

— Não. Estou só curioso.

— Curiosidade mata, sabia, Gutinho?

— Mata nada!... Se soubesse o caminho eu ia sozinho.

— O caminho eu não sei.

— Vamos pelo rio?

— Pelo rio não dá.

— E não dá por quê?

— Porque tem uma curva atrás desta curva.

— A gente vai pela margem, pelo raso.

— Tem hora que é fundo.

— E depois?

— Tem curva e mais curva... tem cachoeirinha... tem barra de córrego... tem mato fechado... tem pedra com lodo... tem banco de areia traiçoeiro escondido debaixo d'água... tem correnteza... tem tronco caído estorvando o caminho...

— E se eu fosse a nado?

— A nado não dá.

— E se eu fosse de barco?

— De barco não chega.

— E se eu fosse de a pé?

— De a pé tá errado. É zero na escola. É a pé que se diz.

— A pé posso ir?

— Pode não, seu bocó. Rio não foi feito pra bicho-de-pé.

— Pé é meu, por que não?

— Porque tem barranco de pedra, tem brejo e atoleiro...

— CURUIS CREDO!

— ...covoal, areião, cipoal...

— CURUIS CREDO!

— ...desemboque, cascalho e rochedo...

— CURUIS CREDO!

— ...tem mato, espinheiro, lameiro...

— CURUIS CREDO!

— ...tem canal, caldeirão, cachoeira...

— CURUIS CREDO!

— ...e tem curva e mais curva, a gente tonteia...

— CURUIS CREDO!

— ...tem raso e rasura,
    tem fundo e fundura
    a montante e a jusante...

— CURUIS CREDO!
— Tem chão movediço
que é um chá de sumiço.
— CURUIS CREDO!
— Pelo rio não dá
nem a pé nem a nado,
muito menos de barco.
Tem maleita, tem chagas,
tem até jacaré.
— Verdade, Mané?
— Verdade, Gutinho!

Capítulo 6

— Tem bicho sem pé que se arrasta no seco em qualquer caminho.

E na água do mundo, seja doce ou salgada, ele vive, ele nada. Sem guelra, sem nadadeira, sem nada.

— Tia Zeré, que doideira!

— Pois é, meu xodó, espia só:
cobra mansa e brabeza,
coral, que beleza!,
urutu, cascavel...

— CURUIS CREDO!

— ...capitão, sucuri,
jararaca e cipó...

— CURUIS CREDO!

— ...caninana e jiboia,
cobra d'água e de vidro,
jararacuçu...

— CURUIS CREDO!

— C U R U I S   C R E D O !

— C U R U I S   C R E D O !

Capítulo 7

— Tem vivente encantado, sem pé, sem cabeça, sem mão, sem bico, sem asa, sem pena, sem focinho, sem chifre, sem rabo... una... duna... tena... catena... saco de pena... Adivinha o que é, seu Zé Prequeté?

— Adivinho não.

— Rá-rá-rá, seu medroso, é assombração!

— Como assim, Vicentim?

— Assim mestiçado de gente e de bicho: ...nego-d'água... lobisomem... subieiro... mula sem cabeça... fantasma... curupira... 'mboitatá...

— Tô morto de medo...

— Mais pior é de noite, lua cheia ou lua nova, cê é muito valente, que tal um plantão? Uma caçada de espera no meio do capão?

— Cê é besta, Vicente, não quero não!

Capítulo 8

— Pera lá, também não é só desgraceira! Tem muito vivente batuta que ama meu rio.

— Vivente, Gutim?

— É sim! Tem bicho bem lindo, de bico, de asa e de pena, voador, nadador, barranqueiro, dia e noite adejando meu rio.

Tem garça cinzenta
e garça branquinha,
marreco, socó, curicaca,
ema, seriema, tucano e jaó,
joão-de-barro e joaninha,
jandaia, sofrê, maritaca,
inhambu, pardal, curió,
codorna, perdiz, beija-flor,
quero-quero, tiziu e anum,
passopreto, sanhaço e rolinha,
sabiá, azulão, papagaio,
periquito e mutum,
pica-pau, tico-tico, andorinha,
tem pomba-de-bando,
joão-bobo, tesourinha
e tem juriti,

canarinho-da-terra, bicudo
e tem paturi,
pato, arara e mulata
fazendo bravata,
tem passopreto-soldado
todo enfatiotado
e alegres maracanãs
esverdeando as manhãs,
que amor!,
sem esquecer que a morte
tem seu mensageiro,
o urubu carniceiro,
que horror!,
esquadrilha disciplinada,
paciente,
obediente
ao comandante supremo
que dá a primeira bicada,
o urubu-rei,
pensa que eu não sei?

EM TEMPO: Que lerdeza! Me esqueci de citar as graciosas libé-lulas, mini-helicópteros translúcidos que, segundo meu tio, comem as larvas dos peixes do rio. Os marimbondos terríveis, com seus ferrões venenosos. As abelhas brincalhonas, arapuá, torce-cabelo e as benfazejas mamangavas, que polinizam fruteiras, enquanto jataí, europa e mandaçaí, também, vão fabricando cera, própolis e o mel nosso de cada dia. Amém!

Capítulo 9

— Tem bicho de couro, de pata e focinho, com chifre e sem chifre, de rabo e sem rabo, que ama meu rio.

Capivara, veado e tatu,
paca, bandeira e meleto,
jacaré-de-papo-amarelo,
sapo, macaco e cateto.
Tem porco-espinho,
gato e cachorro-do-mato,
mico-estrela, lagarto e tiú,
mão-pelada, mico e coelhinho,
tem lontra, raposa e rato,
camundongo, lebre e quati,
rã, calango e preá
e tem lagartixa e sagui.
Tem jaratataca fedida
e onça soberba e veloz:
jaguatirica,
canguçu
e suçuarana,
cada uma mais feroz
no cerrado que é savana.
Tem também cutia e gambá,
ai que medo do lobo-guará!

Capítulo 10

Os reis? Os reis eram os peixes e os jabutis que reinavam nas águas fresquinhas e turvas. Ainda bem que eram turvas!

Moleque besta, eu pensava que o rio era meu. Só meu, dos peixes e daqueles anfíbios quadrúpedes, cascudos, inofensivos e lerdos. Nós éramos os legítimos donos de tudo. Dos remansos, dos rebojos, da rasura, da cachoeira, da ilha, da superfície e das profundezas das águas, que para mim eram pra lá de limpinhas.

Tinha dia que eu subia na Pedra do Sino e ficava horas e horas testando meu mandonismo:

> *Marola, marolinha,*
> *para de marolar*
> *e fica quietinha!*

O vento ia pouco a pouco parando de ventar. A marola acalmava. Eu estufava o peito cheio de orgulho da minha força sobre todas as coisas e ficava ali maravilhado de mim, do meu poderio. Depois gritava benevolente:

> *Vento, ventinho,*
> *pode ventar!*
> *Marola, marolinha,*
> *volta a marolar!*

Eu era completamente feliz, só não era rei. Os reis eram os jabutis e os peixes.

> *Lambaris de rabo dourado,*
> *piabas de rabo vermelho,*
> *tubaranas,*
> *piaus e cascudos,*
> *bagres, piaparas,*
> *pacus, canivetes,*
> *languiras, chorões,*
> *algumas traíras*
> *e terríveis mandis*
> *com seus bigodões.*

— E a saparia?

— Nem fale, que cantoria!

— Não mente, ingazeiro, responde ligeiro: Qual é o rio mais limpo do mundo?

— *O nosso rio!*

— Qual é o rio mais gostoso do mundo?

— *O nosso rio!*

— Qual é o rio mais lindo do mundo?

— *O nosso rio!*

— Qual é o rio mais tudo do mundo?

— *O nosso rio!*

— *O nosso rio!*

— *O nosso rio!*

Capítulo 11

Minha cabeça pensava assim: meu rio é o mais tudo do mundo, e eu, seu único dono. Então eu nem olhava pros lados. Arrancava a camisa, a calça, a botina, jogava a capanga com os cadernos e os livros em cima do barranco, subia na Pedra do Sino e saltava de ponta, pelado, um pássaro, um anjo, na água mansa e serena do meu predileto pocinho.

TIBUM!

Eu nadava bem demais pra minha idade. Graças a mim, claro, e ao lambari (aos lambaris) que engoli vivo, vivinho (vivos, vivinhos), sem mastigar, a mando do meu primo mais velho que tinha feito igual e, quando cresceu, virou o melhor nadador da cidade.

Tinha dia que eu nadava enleado às buchadas de vaca que a charqueada jogava no rio.

Minha mãe protestava:

— Onde já se viu jogar essa podriqueira na água?

Meu pai explicava:

— Bobagem, mulher, é comida pros peixes, é vaca sadia!

Eu empurrava a buchada pra lá, mergulhava e ressurgia à tona d'água, feliz feito um cavalo-marinho.

Cavalo-marinho por acaso é feliz? Cavalo-marinho nada em cardume? E se um cardume deles errasse o caminho e entrasse pela foz, rio acima, e viesse parar no meu pocinho? E se com ele viesse um tubarão? A baleia do Gepeto? O navio do Capitão Gancho?

Meu pensamento ficava ziguezagueando pra lá e pra cá e me dava uma canseira dos infernos! De tonto que eu era. Podia muito bem perguntar pros mais velhos... Mas eu, não. Eu ficava naquela perdeção de tempo, parafusando e desparafusando um milhão de ideias dentro da minha cabeça.

Agora, bronqueado mesmo eu fiquei foi no dia que descobri que meu rio, sendo o mais importante do mundo, não constava no atlas da escola. A professora, toda sengracinha, disse que tinha sido erro de gráfica, que ela ia pessoalmente mandar consertar.

Que é isto, seu atlas, justo o meu amadíssimo rio? Pode tratar de consertar bem consertadinho, senão eu vou reclamar pro diretor do colégio, pro prefeito, pro bispo, pra quem for preciso. Lugar do meu rio é no mapa oficial, pra todo mundo saber, aprender, decorar e ficar encantado.

Capítulo 12

Parecia que ninguém ligava muito para aquele rio. Só eu. Ninguém falava com ele. Só eu. Ninguém cuidava dele, o que com certeza o fazia extremamente infeliz. Creio que ele pensava assim, se pensasse:

Quem sou eu?
De onde eu venho?
Para onde eu vou?
Para que eu sirvo?
Até quando eu vou?
Quem se importa comigo?

Me dava um nó na garganta toda vez que eu passava por lá na boquinha da noite, sol se pondo, e via meu rio deslizando manso, tristinho. Aquele tebéu de gente esbaforida passando por cima da ponte e não tinha nem ao menos um deles interessado em olhar para o rio, nem que fosse de rabo de olho.

Foi por isso que fiz um juramento. Eu ia ser seu melhor amigo pelo resto da minha vida, nem que chovesse canivete aberto. Jurei bem alto, gritando com toda força que eu tinha dentro do meu peito de menino forte e fiel.

R I I I I I Ô Ô Ô Ô Ô...
R I I I I I I I I Ô Ô Ô Ô Ô Ô Ô Ô...
OLHA EU AQUI
MEU R I I I I I I I Ô Ô Ô Ô Ô Ô Ô!

— Pai, quando eu crescer, senhor me deixa ser professor de rio?

— Professor de rio? Que bobagem é esta, menino? Vai dar aula pra água?

— Não, pai, vou dar aula pra gente, pra quem quiser aprender a lidar com rios.

— Ah, que ocupação mais boba, meu filho! Rio é do mundo. Não vai nascer mais, não vai acabar o que já existe... Queria que você fosse um rapaz estudado, um doutor, engenheiro, um prefeito, um zebuzeiro, um advogado...

— Professor de rio, não, paizão?

— Não! Quer dizer, acho que não... lá sei eu, meu filho... Custoso vai ser achar outro maluco cismado com rio que nem você...

— Vai nada, pai! Se tem eu, tem mais gente. Deixa comigo.

— Então tá bom. Vai!

— Então vou!

Capítulo 13

Todo dia, sistematicamente, eu atravessava o rio pra lá e pra cá, de casa para a escola, da escola para casa.

Atravessar a ponte, dar um pulinho na beira do rio, era sagrado para mim. Nem que fosse só para conferir se os girinos tinham finalmente virado sapos, o que jamais aconteceu em toda minha meninice.

Levei milhares deles para casa. Milhares é exagero. Levei centenas, talvez. Usei todas as compoteiras, terrinas e boiões, tomei pitos e puxões de orelha, e nunca vi girino nenhum virar sapo.

Pelo menos um podia ter feito o favor, UM, para contar o caso dos outros! Conclusão: girino é girino, sapo é sapo.

Livro de escola é coisa séria, não ia contar mentira. Se o livro falava, é porque os cientistas tinham certeza absoluta. O problema estava lá em casa, nas vasilhas, na água da cisterna, nos milhões de dedos sujos de irmãos e primos, na implicância da minha mãe com minhas experiências científicas, na sua impaciência. Só podia ser.

Bem, mas voltemos ao rio.

Meio com medo, eu me debruçava no parapeito da ponte para olhar lá embaixo a corredeira espumosa buscando passagem entre as pedras pretas lascadas. Eu tinha mais medo nos meses de novembro e de março, por causa das chuvas pesadas que faziam transbordar o leito do rio.

E todo dia eu ficava um tempão olhando, olhando, olhando lá longe a ilha verdinha na curva do rio. Entra ano, sai ano. Na seca e nas águas. Um coqueiro. Três ou quatro arvorezinhas. Mamona ou lobeira? Uma arvorezona. Jatobá ou pequi? Sei lá?! Capim. Cascalho limpinho. Uma prainha de areia alvacenta naquele rio tão turvo, que nem a enchente de São José conseguia sujar nem levar.

Vontade de morar lá dentro, Robinson Crusoé menino! Morar, não! Morar era pouco. Eu queria viver na ilha, o que é bem diferente. Mas era uma ilhazinha de nada, não tinha nem jeito de armar uma rede! Se eu fosse esperar nascer e crescer outro pé de jatobá ou pequi, eu acabava crescendo também e aí perdia toda a graça.

Bom, eu pensava, do que é que eu preciso para me mudar ainda hoje? E como posso ter minhas coisas numa ilha sem gavetas, sem ganchos nas paredes, sem pregos atrás das portas?

Eu queria ou não queria viver lá? Queria. Então tinha que dar um jeito. Improvisar. Afinal, eu era ou não era um menino inteligente? Então, mãos à obra, Guto Crusoé!...

O estilingue e a capanguinha de pedras eu penduro em qualquer galho fino.

Minhas bolinhas de vidro ficam no chão mesmo, numa lata de biscoitos.

E o jogo de futebol de botão,
levo ou não?
Lá não tem mesa,
vou jogar no chão?
Na areia branquinha?
Pior é que lá nem menino não tem,
vou jogar com quem?
E com a Espoleta
o que é que eu faço?

Minha perdigueira
não ocupa espaço
e é bem companheira.
Ela dorme embolada
pertinho de mim.
Não, pensando bem,
é melhor que ela durma de dia,
assim, de noite, ela me vigia.

— Gutinho, Gutinho, cê tá passaroco, menino? Pensa que a ilha é só diversão? E pra sua defesa, não vai levar nada, não?

— Pois é, estou esquecendo o mais importante: a lanterna e as pilhas... o canivete corneta, de aço, embainhado, presente do meu avô nos meus nove anos... e o principal, a espingarda de ar comprimido e bastante chumbinho, pra me defender de algum animal feroz, vai saber!?!...

— Ô, Guto, larga de ser bobo, siô! Não tem nenhum animal feroz naquela ilha daquele tamaninho. É uma ilhazinha de amostra grátis, no meio da correnteza do rio. Qual é o animal feroz que consegue chegar lá? E por acaso aqui na nossa cidade existe algum animal feroz? E, se existisse, não seria tão burro a ponto de enfrentar uma água brava desse tanto!

— Um jacaré do Araguaia, quem sabe?

— Do Araguaia?

— Do Pantanal, pode ser?

— Segura a onda, Gutinho! Segura as rédeas do seu cavalo-marinho! Vê lá se você não está inventando moda! Aqui, quando bate sol, é sol de rachar. Quando venta, quebra galho de árvore. Quando chove, é tromba d'água. Quando o rio enche, carrega tudo!...

— Então, o que que eu faço?

— Sei lá, pensa bem, sua alma, sua palma, é você que se perde, é você que se salva!

— E a sua caminha? E a coberta de lã, feita no tear, que sua bisavó teceu pro seu pai, quando ele ainda nem sabia engatinhar?

— E a comida gostosa da sua mãezinha, carne moída com batatinha, arroz com feijão, um ovo estrelado, farinha de mandioca, pimenta-de-bode e um jilozinho, hein, Gutinho?

— E a sua mãezinha, brava e amorosa?

— E o paizão brincalhão, bem legal, amigão, hein, Gutão?

— E a casa limpinha, nem goteira não tem?...

— E a magrela pretinha que foi do seu primo, tão antiga, tão forte, tão leve e tão boa?...

— Vai largar tudo isto, menino? Vai morar num galho de pau, feito um bicho-preguiça, uma fera? Ou vai virar Mogli e andar com Baguera?

— Larga de ser besta, acorda neguinho!

— Tem muita correnteza, a nado eu não chego.

— Um bote, talvez...

— Mas bote eu não tenho...

— Vai virar Tarzan? Só que tem uma coisa: lá na ilha não tem Jane nem cipó nem Chita.

MINHA IIIIIIILHAAAAAAAAAAAAA...
QUANDO EU CRESCER VOU AÍÍÍÍÍÍÍÍÍÍÍ!!!...

CÊ ESPERA POR MIIIIIIIIIIMMM?

Ainda bem que a sirene da escola tocava bem alto. Era o toque de despedida.

BYE, BYE, MEU RIO,
DE TARDE EU VOLTO!

Capítulo 14

Eu escutava a sirene e saía voando e ainda chegava antes da chamada na sala de aula. Coração bufando, em tempo de sair pela boca.

Tinha professora que dava bronca, tinha professora que achava linda minha camaradagem com o rio. A de português era uma. Me deu até um prêmio num concurso de poesia.

Aquele, sim, foi um prêmio importante! Eu escrevi umas palavras à toa a respeito de um riozinho de nada que eu amo demais e conheço como a palma da minha mão. Não precisei olhar no dicionário nem fazer pesquisa. Fui escrevendo cada pedacinho de frase numa linha e pronto.

Tia Zeré falou que aquela poesia era filha única de mãe viúva. Dito e feito. Foi o único poema que eu ousei escrever na minha vida, se é que aquilo podia ser chamado de poema. Assim como o prêmio literário, primeiro, último e único.

Adivinhando que eu não levava jeito para fazer versos, mamãe achou que era importante guardar aquela preciosidade bem guardada para a posteridade. Se era pra ficar bonito, tinha que ser passado a limpo pela minha tia.

Mamãe disse que, se o desenho ficasse bonito, depois minha tia ia arrumar bem caprichadinho, com a letra dela, que era uma maravilha, o livro *Biografia e história de um rio*, que eu tinha escrito a lápis na 4ª série. Só que naquele momento ela não tinha tempo de procurá-lo. Estava bem guardado. Por aí. Em algum lugar.

Tia Zeré não se fez de rogada. Comprou papel almaço, tinta nanquim preta, caneta, pena e talhou, letra por letra, o título da minha poesia: "O rio valente".

Capítulo 15

O papel almaço está meio amassado, amarelado, mas as letras góticas continuaram lindas para sempre. E o desenho que ela fez com lápis de cor, nem se fala!

Tem uma montanha bem alta no canto esquerdo da página, em cima, e dela vem descendo um aguaceiro azul imitando cachoeira. Vem descendo, descendo, e aí cai embaixo e segue como um rio manso, azul claro, cheio de plantinhas de todo jeito na margem de lá e de cá, uns coqueiros com cacho de coco e tudo, é claro, porque rio sem coqueiro não está com nada!

Tem uns peixinhos de boca aberta que não parecem nem parentes dos peixes do meu rio, mas tudo bem, de cavalo dado a gente não olha os dentes, minha avó falou.

Tem umas nuvens no céu e umas andorinhas pretinhas que eu achei a coisa mais fácil de fazer e mais bonitinha, só que não desenhei nenhuma porque minha tia não deixou. Ficou numa metidez com aquele desenho, que só vendo!

Todo mundo elogiou a beleza do trabalho e quando perguntaram quem tinha feito, o capeta chegou a triscar na minha vaidade e a mentira saltou na ponta da língua. Mas aí eu me lembrei da minha avó, dos cinquenta ou sessenta padre-nossos que ela ia me mandar rezar. Falei: quá, Augusto, não paga a pena, larga de ser burro, siô!

Então, com a cara meio pegando fogo de vergonha do mau pensamento, contei que a desenhista era uma tia minha.

Minha poesia foi classificada em terceiro lugar no concurso Poemas da Primavera que a escola promovia todo ano. Eu estava na 1ª série do ginásio. Era um catatauzinho metido a besta. Poeta, eu, pensa bem!

Na semana do concurso a escola estava agitadíssima. Cada classe se preparando melhor do que a outra para a festa da primavera. Cantos. Jograis. Teatro. Varal de poesia...

Apareceu cada livro enorme de grande, encadernado, chique demais, cheio de poesia do tempo antigo, falando de flores que eu nunca vi mais gordas, de palmeiras onde canta o sabiá, de cajueiros pequeninos, de uma fonte sonora e fria que rolava levando uma coitadinha de uma flor...

Todo mundo queria participar do concurso de poesia. Tinha até prêmio para os vencedores, além da festa no pátio, para plantar árvores, e da apresentação artística no auditório, com a presença dos pais, dos avós, de retratistas etecetera e tal.

Eu, por exemplo, naquele ano tinha sido sorteado para ser um coqueiro na floresta de papel crepom que minha classe ia apresentar. Minha mãe estava doidinha da cabeça, pensando no jeito que ela ia dar naqueles pedaços de papelão e nas folhas de crepom.

Acontece que meu avô, mais realista do que o rei, inventou de arranjar umas palmas de coqueiro de vassoura para amarrar no meu corpo na hora da festa e aí deu zebra porque eu fiquei mais parecendo um espanador do que um coqueiro e os meus colegas me deram a maior vaia. Eu não sabia onde enfiar a cara, de tanta vergonha! A foto ficou lá muito tempo, afixada no mural da diretoria. Aquela foto pavorosa!...

Uma coisa era certa, eu queria participar do concurso porque um dos prêmios era um atlas geográfico lotado de mapas físicos e políticos, coisa mais bonita do mundo! Então criei coragem e perguntei pra professora de português:

— ...'fessora, primavera tem rio no meio?

Ela respondeu que tinha, e eu, que já era doutor no assunto, pensei assim: vamos nessa, rio? Vamos ganhar esse atlas? O rio falou: manda brasa, Gutinho! E eu mandei. E aí deu no que deu, fomos premiados. OOOOOOBA!

O melhor foi ser classificado entre tantos marmanjos e marmanjas. O pior foi declamar de cor aqueles versinhos desengonçados na frente daquele povaréu. Se não é minha avó, minha tia, minha mãe e a professora estarem lá, para puxar palma, acho que eu ia ficar falando pro vento, porque ninguém se empolgou.

O prêmio veio embrulhado em celofane azul-escuro. Eu não via a hora de chegar em casa e abrir o pacote, porém só à noite pude folhear aquele tesouro e descobrir que ele era impresso em papel acetinado, grosso, brilhante e cheiroso. Tinha aquele cheirinho especial das revistas *Vida Doméstica* que minha mãe guardava com tanto cuidado dentro do seu guarda-roupa.

Não sosseguei enquanto não vi mapa por mapa, continente por continente, país por país, oceano por oceano, os polos glaciais, as cordilheiras...

Meu pai ficou comigo até muito tarde, interessado, me ajudando a descobrir coisas. Papai tinha estudado só até o quarto ano primário, mas era muito inteligente e muito esforçado. Parece que ele sabia de tudo um pouco, por isso era um mecânico tão famoso na nossa cidade. Ele sugeriu que eu escrevesse meu nome na primeira página, e insistiu para eu colocar a data, assim aquele momento ficaria registrado para sempre. Então eu escrevi.

"Este atlas pertence a Augusto e ao seu rio e foi recebido como prêmio no concurso de poesias da festa da primavera da minha escola, no dia 23 de setembro de 1960, hoje. Estou na 1ª série do curso ginasial. Eu fiz doze anos no mês passado."

Para mim, que me sentia poderoso porque tinha um rio só meu, aquela noite foi muito especial. O mundo inteiro dormiu lá em casa, fechado dentro das páginas sedosas do meu atlas novinho. Dormi e sonhei que o mundo era meu.

Capítulo 16

O RIO VALENTE

Presta atenção, minha gente,
na história
que eu vou contar.
Era uma vez um rio valente
que nasceu pequeno,
abriu seu caminho no peito,
se encheu de afluente
e foi indo, meio sem jeito
mas sempre contente,
rio abaixo, deslizando...
Pelejou tanto, tanto,
e morreu na praia,
coitado,
como por encanto!
Meu riozão,
riozinho,
tão grandão
tão pequenininho
mas mesmo assim cabe inteiro
dentro do meu coração!

Capítulo 17

Se pudesse, eu ficava o tempo todo por conta do rio. Mas eu não podia. Tinha a escola. Os deveres de casa. Os avós. Os primos. A meninada da rua. As coleções. As brincadeiras. O futebol.

Como filho mais velho, tinha também minhas obrigações: tratar das galinhas, dos passarinhos, aguar a horta de couve duas vezes por dia, trazer lenha para a cozinha...

Tinha meu mundinho particular, minhas manias. Por exemplo, colecionar bolinha de vidro e lápis de propaganda.

Eu era bom demais no jogo de casinha. Ganhava as bilocas de todo mundo. Fora estas, de competição, eu tinha centenas de bolinhas especiais, do mundo inteiro. Transparentes, verdes, caramelo, azuis, alaranjadas, rajadas, desde umas piocozinhas deste tamaninho até umas butelonas maravilhosas.

Incrível a história destas bolinhas! Como é que elas vieram parar em minhas mãos? Eu, nascido e criado bem dizer na roça, numa cidadezinha do interior, como é que tinha juntado umas joias como aquelas?

Minhas bolinhas estrangeiras, além de lindas, eram muito diferentes das brasileiras. As leitosas eram as mais bonitas. Tinham vindo de Cingapura, de Marselha, de Gênova, de Lisboa, de Suez, de Jacarta, de Buenos Aires, do mundo inteiro.

Na verdade não eram minhas. Eram da minha tia, presente de um marinheiro da Marinha Mercante, que viajava pelo mundo inteiro e se apaixonou por ela.

Para lhe provar seu amor e sua fidelidade, comprou meia dúzia de bolinhas de vidro em cada cidade portuária onde o navio atracou. Ele era irmão de uma vizinha nossa. Demorou tantos anos a voltar a nossa cidade que minha tia acabou arranjando outro namorado.

Não sei quem foi o espírito de porco que futricou umas coisas no ouvido dela. A gente era menino naquele tempo, ouvia a galinha cantar mas não sabia cadê o ovo.

Disseram pra ela que marinheiro tinha uma Maria em cada porto, não dava para confiar. Foi tiro e queda! Minha tia perdeu a graça com o namoro e o namorado, e deu aquele assunto por encerrado. Só que o navio do moço já havia zarpado e ele não ficou sabendo que tinha tomado o fora.

É claro que titia não ia, agora, depois de tanto tempo, aceitar o presente, ainda mais que ela já estava de casamento tratado... Agradeceu a gentileza e devolveu o pacote. Não ficava bem!...

Coitado do moço, ficou com cara de tacho! Então, como ele já conhecia a coleção que eu estava começando, me deu as bolinhas de presente.

Perdi um futuro tio marinheiro, mas ganhei as bolinhas mais bonitas do mundo. Guardei cada cor numa lata de biscoito. Lucrei bastante. Dei a volta ao mundo sem sair de casa.

Com os lápis de propaganda eu fazia a mesma coisa, verde com verde, branco com branco, prateado com prateado e assim por diante, bem arrumadinho nas latas. E ai de quem encostasse um dedinho mindinho naquelas relíquias!

A coleção de lápis me dava um trabalho dos diabos! Eu mandava cartas e cartas para o Brasil inteiro, dizendo que meu nome era Augusto, tinha onze anos, cursava a 1ª série do curso ginasial, colecionava lápis, tinha visto um muito bonito da firma deles, assim, assim, por isto pedia que me mandassem pelo menos um de cada cor.

Devagarinho eu fui alterando os dizeres da carta... tenho doze anos, estou na 2ª série... tenho treze anos, faço a 3ª série do ginásio...

Gente, o que eu ganhava de lápis, vocês nem acreditam! O carteiro já chegava em casa dando risada, com o pacotinho na mão.

— Se tiver repetido, você me dá um, Guto?

Claro que eu dava! Na hora! O carteiro trazia o Brasil para dentro da minha casa: Joinville, Rio de Janeiro, Juiz de Fora, Manaus, Belo Horizonte, Maringá, São Paulo, Ribeirão Preto, Ilhéus, Belém, Poxoréu... Onde é que ficava tanta cidade?

Meu pai comprou um mapa do Brasil e um mapa-múndi, bem grandões, coloridos, pegou um sarrafo, fez as molduras e os dependurou na parede do meu quarto. E assim eu fui conhecendo meu país e o mundo, devagarinho, viajando nas asas invisíveis dos meus lápis e das minhas bolinhas. Eu, Aladim, e eles, meu tapete mágico.

Era nas tardes de domingo, feriado ou dia santo que eu brincava com minhas coleções. Esparramava tudo em cima da cama, no chão do quarto, só pelo prazer de ver de novo aquele tanto de lápis e de bolinha de vidro, cada qual com a sua história. Eu era um menino bem paciente!

Minha tia comprou uma caderneta grande, de capa dura, preta, pautada, de cem folhas, com páginas numeradas. Fez o índice pela cor dos lápis, em letras góticas que ela sabia talhar como ninguém.

Dentro, sempre começando pelo número 01, eu ia anotando o nome e o endereço da firma. Minha tia ainda teve o cuidado de fazer uma margem no canto esquerdo de cada página para eu assinalar com um X bem grande o recebimento da encomenda. E aconselhou: você dá um tempo, um mês de prazo. Se não chegar resposta, manda outra carta. Água mole em pedra dura, tanto bate até que fura.

COR	PÁGINA
AMARELO	2
ALARANJADO	7
ROSA	12
VERMELHO	15
VERDEO-CLARO	27
VERDE-ESCURO	33
BRANCO	37
PRETO	50
AZUL-CLARO	60
AZUL-ESCURO	65
DE DUAS CORES	70
PRATEADO	80
DOURADO	89
COM BORRACHA	94
GROSSOS	98
GIGANTES	99

Tia Zeré, sem querer, ia despertando em mim o gosto pela pesquisa e a calma para esperar que as coisas surtissem efeito. Nem se ela tivesse comprado para mim o presente mais caro do mundo, nada me valeria tanto no futuro. Pra ver como são as coisas!...

Eu gostava muito, muito, muito daquela tia, porque ela era superlegal. Só não gostava quando ela despenteava meu cabelo, beliscava minhas bochechas e falava na frente de qualquer pessoa que eu era *bonitíssimo* e *muito bacaninha*. Vai ver eu era mesmo, mas minhas orelhas ficavam pegando fogo de vergonha.

— Se eu tiver um filho, quero que ele seja igualzinho a você, viu, Gutinho?

Na verdade ela queria dizer que me amava, só que não dizia. Eu compreendia isto muito bem, porque eu também amava meu rio e guardava o maior segredo. Nunca contei pra ninguém. Pior ainda, eu tinha ciúme do meu rio. Pode? Assim como eu tinha ciúme das minhas coleções. Pode?

Eu ficava feito uma galinha de pinto, não deixava ninguém pôr a mão nos meus tesouros. Só meu pai e minha tia, porque eles, além de me darem uma bruta ajuda, não ficavam naquela pedição: ME DÁ UM?

— Ninguém vai comer lápis, não, Guto, deixa seu irmão ajudar. Menino egoísta, coisa feia! — minha mãe ralhava.

Ela podia danar comigo o tanto que quisesse, que eu, ó, nem tium! Quem gostasse de coleção, que colecionasse, feito eu que toda vida, desde pequeno, fui um guardador de coisas.

Capítulo 18

O futebol foi a paixão de todos nós, descomparadamente a melhor de todas as brincadeiras de grupo.

Eu torcia pelo SANTOS em São Paulo e pelo FLAMENGO no Rio. E, quando os dois times se defrontavam, eu queria morrer. Grudava o ouvido no rádio e ai de quem falasse bolacha!

Foi com muito custo que formamos um time de onze titulares e quatro reservas, todos moradores do lado de cá do rio. O time adversário, da turma do lado de lá, dava de mil a zero na gente.

Pra começar, eles tinham mais de trinta meninos interessados, todos muito bons de bola, para azar nosso. Parece que eles já nasciam com a bola no pé!

O campo era uma várzea pequena, arenosa, fora de esquadro, cheia de cipozinho espinhento, de arranha-gato, de malícia e de capim. Na ponta de lá tinha dois pés de guariroba que a gente aproveitou para fazer de gol. Nós mesmos capinamos um canto para abrir um espaço mais ou menos retangular. Não ficou bom, mas foi o que se pôde fazer.

As touceiras de capim camuflavam pedras basálticas iguais às do rio, que cortavam como navalha. Era melhor deixá-las cobertas para nossa proteção.

Como havia revezamento, o prejuízo de espaço era repartido democraticamente entre as duas equipes.

Um time jogava de camisa; o outro, sem. Todo mundo de pé no chão. O jogo começava às 9 horas. Trinta minutos, vira, porque o sol esquentava demais a areia do campinho. E no fim, infalivelmente, qualquer que fosse o resultado, socos e pontapés.

Todo mundo batia, todo mundo apanhava. Jogador, reserva, irmão, juiz e torcida. Sábado de manhã, entra ano, sai ano, chovesse ou fizesse sol. Não que a molecada gostasse de apanhar ou de bater, mas a verdade verdadeira é que o quebra-quebra era uma das partes mais divertidas do jogo. A outra, era pular na água quando a bola caía no rio. Pulava todo bicho, uns de ponta, outros de bomba, outros de barriga mesmo, uns em cima dos outros, aquela farra! Só quem sabia nadar, é claro!

A gente tinha um pacto: se alguém morresse afogado naquela missão, ninguém ia ao enterro, pro carinha largar de ser besta, tomar vergonha e aprender a nadar. Pensa bem, que cambada de doidos!

É lógico que o rio não ia matar nenhum de nós, como de fato nunca matou. Ele era nosso amigo. Nem torcer por um dos times ele não torcia. Ficava ali, descendo mansinho, olhando a meninada crescer devagarinho, milímetro por milímetro, imperceptivelmente. Fingia que olhava só pro céu, só pro sol, enquanto isto, de rabo de olho, zelava por nós.

Capítulo 19

Um dia aconteceu um grande vexame. Fazia muito tempo que nós planejávamos batizar os times. O nome era segredo oficial, nem para os irmãos menores seria contado. Pirralho, já viu, é fogo, abre o bico mesmo!

A faixa de pano branco, de no máximo dez metros, seria pendurada na cerca de arame farpado, por sorteio, depois do canto do Hino Nacional que todo mundo sabia de cor.

— PAR OU ÍMPAR?

Ímpar. Meu time ganhou. A primeira faixa foi a nossa. O juiz apitou, um silvo longo, do jeitinho que estava combinado. Tuza, capitão do nosso time, deu dois passos à frente, já com a faixa enrolada na mão. O goleiro, idem. O juiz deu um silvo breve e eles caminharam até a cerca e começaram a desenrolar a faixa ao mesmo tempo em que a espetavam nas farpas do arame. Aquele letreiro azul e vermelho mais importante do mundo! O coração da molecada e o meu também, principalmente o meu, batendo na goela, de tanta emoção.

ASSOCIAÇÃO ATLÉTICA
DA MARGEM DIREITA

Palmas. Palmas. Palmas. Os outros também bateram bastante palma, achei legal aquilo.

Meu pai estava lá, firme, todo animado. Até meu avô, que detestava futebol. Até tia Zeré, que não distinguia um pênalti de um tiro de meta. Prestigiando o Gutinho aqui, ó! Pensa que eu era pouca porcaria?

— Não, Gutinho, você era muita porcaria!

— Pois é!

Meu pai era tão empolgado com nosso timinho que, se a gente desse moleza, era capaz que ele fosse lá, dar uma de artilheiro.

Foi ele quem comprou a peça de morim, pregou-a no muro de casa, comprou as tintas e os dois pincéis, e riscou as letras para nós preenchermos. Só que quem preencheu foi minha tia.

Ela era um milhão de vezes mais caprichosa do que qualquer um de nós, afinal ela era a melhor desenhista de letras góticas do mundo, inclusive do meu bairro e até da minha família inteira. Não deixou de dar uns três ou quatro respingos, mas a gente fez de conta que não viu e ela ficou toda siá-dona.

Bom, mas vamos voltar ao campinho.

Chegou a vez dos adversários. A faixa deles estava pintada de verde, o que já foi um choque para nós. As letras, graças a Deus, estavam descaprichadas. Os dois times em formação, empertigados, e o público presente foram lentamente soletrando os dizeres à medida que o Bené, capitão, e o goleiro iam desenrolando aquele pano ralo que parecia não acabar mais.

FURACÃO DA BANDA DE CÁ
SAÚDA OS CONVIDADOS

Furacão? P. q. p.! Onde é que aquela crioulada foi arranjar tanta ideia? Nem botina pra ir na escola eles não tinham!

Arrasaram com a gente. FURACÃO, pensa bem! Deu um ódio em todo mundo, um ódio tão grande!...

Meu pai vibrou. Puxou palma. Me olhou de banda, feio. Eu mordi os lábios. Entendi muito bem o que ele queria. Queria que eu batesse palma, que traísse meus amigos.

Olhei pra ele com aquele olhar de cachorro perdigueiro que ele conhece muito bem e, sem abrir a boca, falei: *PAI, NÃO FAZ ISSO COMIGO, NÃO, PELO AMOR DE DEUS, NÃO TEM CABIMENTO EU BATER PALMA PRO ADVERSÁRIO NUMA HORA DE AFRONTA DESTE TAMANHO!...*

Ele ali, cobrador, as sobrancelhas franzidas, esperando, batendo palma, fazendo de conta que a minha conversa suplicante não era com ele. Olhei pro Tuza, meu capitão, ele meio que baixou a cabeça um tiquinho só, piscou os olhos lentamente, deu consentimento.

Eu sentia meu rosto queimar de raiva do atrevimento e do sucesso retumbante dos outros. Bati umas duas ou três palmas, só eu, no meio dos quinze do meu time.

Tinha um erro naquela faixa. Era enorme de grande, era o dobro da nossa. Sacanagem, eles tinham comprado vinte metros de pano, os malandros, desrespeitando o combinado!

A gente pediu tempo, o juiz concedeu. A decisão mais acertada seria tirar nosso time de campo, em represália aos vinte metros. Além do mais tinha a afronta da saudação.

Os jogadores do nosso time, de cabo a rabo, se sentiram muito enfezados por causa do desaforo do outro time.

Que história era aquela de SAÚDA OS CONVIDADOS? Quem eram os convidados? Não tinha convidado nenhum ali. Era todo mundo igual. Com um agravante: o campo ficava na várzea do lado de cá, do nosso lado, na margem direita. Do lado de lá era uma pirambeira. Nunca dos nuncas que ia existir um campo de futebol daquele lado.

Pela nossa lógica de meninos egoístas, o campo era muito mais nosso do que deles. Se alguém devia ser considerado visitante ali, convidado, eram eles, sapos de fora. E sapo de fora não chia! A gente é que estava fazendo um favor, aliás, um baita favor, de recebê-los.

A turma queria partir pra briga. Aí meu pai pediu licença pro juiz, puxou o Tuza pelo braço, levou-o num canto, falou umas coisas. Ele resmungou, apontou a faixa, fez que NÃO com a cabeça. Meu pai abraçou nosso capitão pelo ombro e foi levando, levando, falando, falando, falando, até que os dois voltaram.

Tuza confabulou com a nossa galera. Um concorda, outro discorda, vai daqui, vai dali, todo mundo acabou aceitando o argumento que eu tinha certeza ser do meu pai. A gente, quando crescesse, queria ou não queria ser titular da Seleção Brasileira? Queria, é claro! Então tinha que ter espírito esportivo, impor uma condição que fosse razoável e pagar pra ver. O.k.? O.k.!

Nosso time retornou à formação, nosso capitão fez as embaixadas de praxe para o juiz e para o capitão adversário e propôs:

— Se vocês não cortarem o pedaço da saudação, não tem jogo hoje. É pegar ou largar. O canivete está aqui, ó!

Mais dez minutos de bate-boca na cancha adversária. Aí foi a vez do pai do Bené, seu Benedito, mecânico, amigo do papai, botar panos quentes.

— Enrola a metade da faixa, pronto!

A turma concordou e a cerca de arame farpado recebeu a faixa pintada de verde com os dizeres insultuosos: FURACÃO DA BANDA DE CÁ. A saudação ficou enrolada. A saudação não, a provocação.

O jogo começou com um hora de atraso. O público raleou. O sol esquentou. A areia ferveu.

O pique da nossa turma foi por água abaixo. Para mim, foram os mais longos sessenta minutos vividos em toda minha vida esportiva.

Já entramos de crista baixa, derrotados. Todo mundo jogou mal, cometeu faltas, perdeu gols, o goleiro engoliu frangos, foi o caos!

Naquela histórica manhã de outono muito azul eles ganharam de goleada. Oito a um. Tomamos uma lavada!

Nós, além de amargarmos uma derrota do tamanho do mundo, ainda ganhamos apelidos horríveis, porque a maioria era ruim de bola mesmo e, por coincidência, não tinha nem um único negro na nossa gloriosa ASSOCIAÇÃO ATLÉTICA. Coincidência bastante desvantajosa para nós, naquele momento.

Nós não tínhamos culpa nenhuma, mas pagamos o pato. Quando a gente nasceu, a cidade já era assim. E levou muito tempo ainda para embaralhar as cartas das etnias. Foi preciso esperar passar muita água debaixo daquela ponte, segundo meu avô que também nascera ali, que também amava o rio, que também sabia das coisas, que tinha muitos amigos na margem de lá.

BRANQUELO! PÓ DE ARROZ!
PERNA DE PAU! BARATA DESCASCADA!

Meu sangue fervia. Mas, cá pra nós, eles eram bons, mesmo. Até pra xingar e pôr apelido eram mais competentes. Sem falar no assobio, mais alto e descomparadamente mais agudo do que o de qualquer um de nós.

Depois do jogo fui até o rio lavar a cara e molhar a cabeça que estava pelando, mas acabei entrando na água devagarinho. Fui indo, fui indo, molhando o tornozelo, a canela, o joelho, a coxa, a cintura, fui entrando e, quando dei por mim, mergulhei de cabeça naquela água redentora que eu amava mais do que tudo na vida.

Deixei o corpo boiar rio abaixo, na corredeira preguiçosa, de olhos fechados, confirmando o que eu estava careca de saber, que o rio é o melhor amigo do homem. Ele nunca trai, nunca mente, nunca passa raiva na gente. Não compete. Não passa rasteira.

Eu tinha um rio só meu, que mais eu podia querer? Espírito esportivo era conversa pra boi dormir.

Eu, por exemplo, não queria ser nem reserva da Seleção Brasileira, quanto mais titular! Gostava de futebol, mas, para desgosto do meu pai, eu era o mais perna de pau do nosso time.

Eu me esforçava ao máximo, mas não levava jeito... Quem fala a verdade não merece castigo, é ou não é? Agora, que eu era um companheirão, isto era! Muito mais eficiente na hora da pancadaria do que na cobrança de pênaltis, por isso é que eu sempre fui escalado para titular.

Uma coisa a gente tinha de bom: não misturava a raiva do resultado dos jogos com a nossa vidinha na escola. A segunda-feira nunca sabia o que tinha acontecido no sábado.

Meu plano era outro. Meu plano era o rio. Eu queria aprender tudo a respeito de água, de rio, de mar, para um dia, mais adiante, ajudá-lo quando chegasse a hora, se fosse preciso.

Então, lerdamente, senvergonhamente, caladinho, boiando de olhos fechados, eu dei uma mijada morna, demorada, pra lavar a minha alma e a minha honra.

— Você, hein, seu Gutão porcalhão?!

— Desculpa, rio!

Aquela faixa ficou entalada na goela e nos brios de todos os meninos da margem direita por muito tempo. E rendeu um ti-ti-ti filho da mãe. Só o rio ficou calado, fingindo de morto, porque ele, é claro, amava nós todos.

Nós é que achávamos que aquilo era jogo de futebol. Mas não era. Era um racha, apenas um rachinha dos mais fajutos, dos mais emocionantes. Adrenalina pura! Só tinha PELÉ e GARRINCHA entre nós, pelo menos era assim que a gente se sentia.

Atleta, que é bom, jogador que preste, não saiu nenhum dali, do meio daquela gabiruzada. Mas saiu de outros timinhos de várzea por este Brasil afora, para alegria e glória deste nosso povo sofrido, batuta. A gente se via neles. E vibrava.

Pra falar verdade, o futebol e a pancadaria foram a ponte que uniu a molecada dos dois lados do rio numa amizade muito joia, muito sólida, pelo resto de nossas vidas e acabou com aquela cretiníssima divisão social, com os preconceitos. A escola também ajudou bastante. Minha escolinha feia, do lado de lá da ponte.

A vida era muito boa, animada, por isto eu não podia me dedicar exclusivamente ao rio. Entretanto ninguém lhe era mais fiel do que eu.

Todo santo dia eu arranjava um tempinho e dava uma corridinha lá, nem que fosse só pra dizer BOM DIA, RIO! Nem que fosse só pra tirar o pai da forca, como dizia meu avô.

BOM DIA, RIOOOOOOOO!
BOM DIIIIIIIIIA,
MEU RIIIIIIIIIOOOOOOOOO!..

E o eco era mudo, não repetia. Mas, assim mesmo, eu enchia o peito daquele ar puro e gritava:

BOOOOOMM DIIIIIIIIIIAAAAAAAA,
MEU RIIIIIIIIIIIIIÔÔÔÔÔÔÔÔÔ!

Capítulo 20

O rio contava com amigos muito leais, unha e carne, que nunca o deixavam na mão. De plantão permanente desde que o mundo é mundo. Sabe quem? O povinho verde, de raiz fincada no chão. Um sem o outro, nada feito.

O capim e o capão. O mato e a selva. As palmeiras e as árvores. Os remédios caseiros. Os cipós e as samambaias rendadas. E a festa diária de flores exóticas, de frutas gostosas. Os perfumes...

E o néctar das flores? O pólen? E as abelhas trabalhadeiras? E o mel? Que delícia! Um céu!

> *O capão, o mato e a selva.*
> *Os capins com sua pele de relva,*
> *sua flecha, sua cana.*
> *Jaraguá, colchão,*
> *grama cuiabana,*
> *pangola, colonião,*
> *navalha, macega,*
> *cavalinha, flechão,*
> *mumbeca,*
> *barba-de-bode,*
> *vê se pode!?,*
> *e o cheiroso gordura,*
> *florada roxinha,*

certeza de leite,
queijo e fartura!
E os coqueiros verdinhos,
com seus cocares de palmas
ao vento, fuleiros,
às vezes rasteiros,
vassoura, indaiá,
e às vezes pernaltas, altaneiros,
guariroba, piaçava,
buriti, macaúba, jerivá...
seus troncos, fibras e palhas,
cocos, castanhas e óleos?...

E os salpicos de cores?
Unha-de-vaca,
malícia,
sangra-d'água...
E lírio-de-são-josé,
você sabe o que é?
Perfumado,
embatumado,
escondendo urutu,
jararacuçu,
na beira do brejo
onde a saparia faz um frejo!...
E o príncipe-d'água?
É como orquídea boiando,
roxo claro, lavanda,
sobre o espelho das lagoas.
E os lírios e taboas?

E as samambaias
de todas as rendas?
E as miudinhas avencas
nas pindaíbas molhadas?
Cipó-imbé, baunilha
e os outros cipós,
desde eras priscas até as calendas
enlaçando igapós!
Gravatás e bromélias faceiras,
engalanando casqueiros, pedreiras...
Nos troncos, em musculoso abraço,
epífitas orquídeas de todas as cores,
a raiz aérea, o nó, o laço.

E as frutas? doces... vasqueiras...
cajuzinho e pequi,
araticum, veludinho, ingá,
a gameleira frondosa,
gabiroba e murici,
jambolão, tamarindo,
a viscosa baco-pari,
mama-cadela, jatobá,
fruta-de-lobo, curriola,
jenipapo, guapeva,
a traiçoeira cagaita
e o espinhento joá.
Mangaba, pitanga, araçá
e a goiaba tão cheirosa,
branca e rosa!...

— SIÁ JOAAAAANAAAAAAA,
AREIA O TACHO DE COOOBRE!
É TEMPO DE GOIABADA
EM CASA DE RICO E DE POBRE!

Ah, os remédios antigos,
santos,
de graça, quantos!
Gente velha sabe e ensina,
um verdadeiro tesouro!
Catuaba, quina,
pau-de-óleo, urucum,
chapéu-de-couro,
jatobá, mentrasto,
arnica,
fedegoso,
congonha,
cana-de-macaco,
boldo amargoso,
ipê roxo, picão,
assa-peixe, quebra-pedra,
sabugueiro,
barbatimão,
anil, quaresminha,
amarelinha,
mamona bem oleosa
e a babenta babosa.

Há palhas e fibras, pra vassoura, abano, tipiti, peneira, balaio, esteira, rede, cesto de embalar neném... Pra trançar a cobertura dos ranchos de pau a pique.

E tem as madeiras. Mais fracas. Mais fortes. De lei. Cada qual com sua serventia. Pra lenha... Pra cabo de enxada, esticador e poste de cerca, esteio de curral, tronco, porteira... Pra gamela, colher de pau, pilão, banca de queijo, bica d'água, monjolo... Pra tamborete, jirau, catre... Pra descaroçador, roda de fiar, dobadeira, pente, liço, tear... Pra rancho, paiol, baldrame de casa... Pra carro de boi, carroça, padiola, piroga, canoa... Pra estilingue, arapuca, arco e flecha, tacape e borduna... Pra muleta e bengala... Pra entalhar santo, oratório, cruzeiro... Pra fazer banguê, caixão... e pra tudo mais que tiver de ser, inclusive vareta de papagaio, cavaquinho, viola e bilboquê.

Taboa, taboca, bambu, indaiá, guatambu, pau-terra, amarelinho, ipê, jatobá, sucupira, peroba, óleo, jequitibá, cedro, jacarandá, bálsamo, angico e a poderosa aroeira, eterna, cerne puro, vermelha.

Nossa, meu rio era um felizardo, estava sortido de amigos!

Capítulo 21

O rio não estudava. Não colecionava lápis. Não jogava futebol aos sábados e, aos domingos, não ia à missa das dez nem à matinê.

Não escovava dente nem tomava banho, que sorte! Não teimava, mas também não obedecia, que bom! Não estudava nem tomava bomba, que folga! Não namorava, que pena! Nunca tinha que explicar onde foi, com quem foi e jamais precisava voltar mais cedo para casa. Que ótimo!

— Pra casa, Gutinho? Que casa? Ei, acorda, neguinho!

Bom, não tinha casa, é verdade, mas isto é o de menos. Trabalhar, ele não trabalhava. Não fazia nada. Era um boa-vida e eu morria de inveja.

Quem me dera poder viver naquela pachorra, de papo pro ar, sem pensar em nada, sem fazer nada, comendo e bebendo do bom e do melhor, a tempo e a hora!...

— Comendo e bebendo? Rio tem boca? Que raciocínio fajuto, seu Guto!

— Ter não tem, não, mas come e bebe. Tanto que engorda, transborda, derrama e, se não come nem bebe, fica magrinho, esquelético e seca.

— E bebe o quê? O que é que come?

— Se chove, ele bebe água limpa, purinha, do céu. Se não chove, ele se contenta em engolir as águas das nascentes, veredas, brejos, grotões e a água turva dos afluentes, dos lagos... Água é o que não falta no mundo.

— Está certo, menino esperto!

Pois então, é isto aí. O rio, levando uma vida tão boa, tão folgada, tinha que inventar um jeito de espantar a preguiça e o tédio. Ele se espreguiçava nas correntezas e rodopiava nos caldeirões e rebojos. Tinha tempo de sobra, por isso mudava de cara e de jeito, dependendo de onde estivesse. Meu avô dizia que ele era muito sabido.

Em terra firme ele ficava riando, rasurando, cachoeirando, correntezando, rebojando, garganteando, canalando, remansando, lagoando, cascateando, estuariando, delteando, fozeando, se divertindo com os estabanados cardumes de dourados, lambaris, piracanjubas, piaus, pacus...

No reino das águas salgadas ele costumava ficar perdidão entre estrelas-do-mar, tubarões, águas-vivas, baleias, cavalos-marinhos, enquanto ia cumprindo a sina de estar sempre ondeando, marolando, mareando, oceanando, vagueando, procelando...

Então, de tanto bater pra lá e pra cá, de tanto suar nos banhos de sol chapado, ele ia evaporando e subia pro céu, morto de inveja das andorinhas, dos urubus, das maritacas, das gaivotas e condores... Sua única saída era ficar ventando, brisando, furacãozando, tornadeando, nublando, nevoando...

...até que, de novo água doce, ele despencava em gotículas, em pingos, em pedras, em flocos, abençoando a terra e a vida. Vinha orvalhando, geando, garoando, chuviscando, chovendo, granizando, nevando, gelando, congelando, descongelando, lençolando, olho-d'aguando, cabeceirando, açudeando, ribeirando, riando, rasurando, encachoeirando, de novo, de novo, de novo...

O rio fazia tudo isto? NOOOSSA! Então ele trabalhava demais. Era um operário-padrão, nota DEZ. Dia e noite, sem parar, coitadinho do meu rio, cheio de obrigações!

A primeira obrigação dele era ABRIR caminho, rio abaixo, sem olhar para trás.

A segunda obrigação era LEVAR consigo as águas dos afluentes e tudo mais que encontrasse pelo caminho, desde coisas verdadeiras, folhas, galhos, areia, seixos, pedras, até pedidos, votos, tristezas, feitiços e maus pensamentos.

A terceira obrigação era PROSSEGUIR, jamais se deter, jamais desistir, qualquer que fosse o obstáculo, se torcendo em curvas suaves ou não, ou se jogando inteiro nas fendas das rochas, em espumantes cascatas e festivais arco-íris, até se entregar ao mar.

Já não está aqui quem falou que o rio era um boa-vida, que morria de inveja dele etc. Eu tinha a prova provada de que ele trabalhava sem parar durante o dia. Mas, e de noite, o que ele fazia? Será que ele fechava os olhos como eu, engolia uma reza pelas metades e dormia?

Como seria a noite do rio? Acho que ele morria de frio, coitado... caladinho... sozinho no mundo...

Esta era uma dúvida meio estapafúrdia, meio boba, como tantas outras dúvidas minhas. Tão sem pé nem cabeça que eu nem tinha coragem de perguntar pra ninguém.

Minha confusão tinha procedência. É que, lá em casa, dormir era coisa sagrada. Toda noite, às 9 horas em ponto, minha mãe batia palmas e ia espantando a gente para o banheiro. De mamando a caducando, sem choro nem vela.

— NOVE HORAS, meninada! Escovar os dentes, fazer xixi e dormir! — ela avisava.

— Quem quer crescer, ficar bem grandão, bem fortão? — meu pai perguntava.

— EEEEEEEEEUUU! — respondia todo mundo.

Não ficava um para contar o caso dos outros. Até primo que estivesse por acaso de pouso lá em casa. NOVE HORAS! Mãe falou, água parou!

Eu pensava assim, dentro da minha cabeça: eu estou crescendo feito um varapau, por quê? Porque eu durmo cedo e durmo bem todas as noites, a noite inteirinha.

Minha mãe, por exemplo, é a última que dorme e a primeira que acorda, por isso ela não tem crescido nada ultimamente.

Minha avó reclama que não tem sono, que passa a noite em claro, mas é mentira dela. Eu vejo, meio de tocaia, cada cochilão que ela tira no terreiro, na cozinha, na sala, quando está fazendo algum servicinho sentada. Dormir, que chegue, decerto não dorme, porque ela está diminuindo.

No meu aniversário de dez anos eu dava na orelha dela, eu tenho uma foto guardada. Me lembro que meu pai caçoou:

— Eh, dona Augusta, no ano que vem o Gutinho vai tomar sopa na cabeça da senhora!

E ela respondeu toda orgulhosa de mim:

— Viu só que coisa mais boa? Esse menino parece que tomou chá de bambu!

Eu pensei, tadinha da vovó, se ela continuar dormindo pouco, encolhendo desse jeito, eu vou ter que tomar conta dela e do rio, quando eu crescer.

O rio, sempre o meu rio, no meu pensamento!...

Ele dorme ou não dorme? Esta era a questão!

Capítulo 22

Uma noite eu vinha de carro com minha família. Tardão da noite. Madrugada, eu acho. Nós estávamos chegando de viagem, de uma fazenda longe, não me lembro direito, sei que só eu e meu pai estávamos acordados.

Quando o carro embicou na ponte eu pedi ao meu pai que parasse. Eu precisava descer.

— Está enjoando? Aguenta, filho, que nós já estamos chegando! — ele disse.

— Para, para, pai! — eu insisti.

— Em cima da ponte não se para carro, Guto, ainda mais de noite! — ele falou.

Mesmo contrariado ele foi brecando, brecando e acabou parando. Eu pedi para sair. Ele disse que de jeito nenhum, onde já se viu sair fora do carro bem no meio da ponte!...

— Pai, por favor, só hoje... eu preciso!... — eu falei, quase implorando.

Como não viesse carro de lado nenhum, ele acabou me deixando descer.

Eu, acordado, àquela hora da noite?... A pé?... Na ponte?... Com meu pai, ainda por cima?... Não dava para acreditar.

Naquele tempo a rua da ponte ainda não era iluminada, eu nem sabia disto. Só os faróis do nosso carro é que clareavam um pouco os parapeitos laterais.

— Respira fundo, filho, o ar da noite vai te fazer bem! Hummm, que cheiro bom, Guto, sente! — ele disse.

Eu respirei fundo, bem fundo, de olhos fechados. O ar da noite era tão puro, tão fresquinho, que entrava dentro do meu peito feito uma faca afiada. E decerto havia por ali, em algum quintal, uma jabuticabeira florida que perfumava a noite. O cheiro era tão delicioso que eu, até hoje, de noite, fecho os olhos, penso nele, inspiro e sinto. Ou penso que sinto, não sei. Um cheiro de meninice feliz, de pai amoroso, de vidinha boa...

— Melhorou, filho? — ele quis saber.

Fiquei meio encabulado porque eu sempre fui um menino muito verdadeiro e, mais ainda, porque meu pai era muito companheiro da gente. Não merecia que eu mentisse pra ele. Acontece que aquela era uma mentirinha do gasto, ninguém ia sair perdendo nada.

Espiei dentro do carro. Todos estavam dormindo. Achei que cinco minutos mais, cinco minutos menos, não iam fazer mal a ninguém.

É agora ou nunca, pensei rapidinho. Então, como eu queria saber o que o rio fazia de noite, sustentei a mentira do enjoo. Aliás, nem era invenção minha. Meu pai é que tinha pensado que eu estava enjoado. Eu apenas fiquei calado. E, quem cala, consente.

— Pai, apaga o farol, quero ver uma coisa — eu pedi.

— Quer ver o que, no escuro? — ele perguntou.

— Uma coisa, pera aí!

— Me dá a mão, Guto, está muito escuro!

Quando ele apagou os faróis, eu senti um baque. Que breu! Que escuridão! Sabe o que é não se enxergar um palmo adiante do nariz? Nem meio palmo? Nada?

— Pai, cadê o rio? — eu perguntei aflito.

— O rio está lá embaixo, no mesmo lugar.

— Fazendo o quê?

— Correndo.

— Como assim, correndo, pai?

— Correndo, não, deslizando.

— Deslizando? Como assim?

— É, descendo, no mesmo lugar de sempre. No leito.

— Descendo pra onde, pai?

— Descendo pra baixo, Guto, pro mesmo rumo de sempre! — ele explicou impaciente.

— Onde é pra baixo?

— Pra baixo é pra baixo. Pra cima é pra cima. Pergunta boba! Você está com medo, filho?

— Estou com frio.

— Escuta a cantiguinha do rio...

— Estou escutando, mas não sei se ele vai indo pra lá ou pra lá.

— E daí? O importante não é você saber. É ele ir.

— Eu queria ver.

— Agora não dá. O céu está nublado e a lua é nova.

— Cadê a lua? Tem lua nenhuma, pai, nem nova nem velha!

— Lua nova é assim mesmo. Não tem lua nenhuma no céu.

— E o rio, como é que fica, coitado, sozinho, no escuro?

— O rio se vira. Continua trabalhando sem ser importunado. Já é um descanso. Vai ver ele gosta.

— Quem importuna o rio, pai?

— Uai... bicho... gente...

— Gente? Você acha, pai, que eu importuno o rio? — perguntei assustado.

— Você, não, filho. Você é a única pessoa no mundo que não incomoda este rio! — ele disse para me acalmar.

— Será?

— É claro! — papai afirmou com toda convicção.

Então eu aproveitei, já que não tinha mais ninguém ouvindo nossa conversa e fiz a pergunta difícil:

— O rio dorme, pai?

— Dorme, não. O rio é feito sua avó, tira um cochilo, mas nunca dorme.

— Eu sei a hora que a vó cochila, às seis da tarde, grudada no rádio, rezando sua ave-maria... quando faz crochê... quando conta história pra neto dormir, sentada na cadeira de balanço...

— Sua avó é assim mesmo, enquanto descansa carrega pedra, feito o rio.

— Quem é que remeda quem, pai?

— Sua avó remeda o rio e o rio remeda sua avó, tá bom assim, Gutim?

— Tá ótimo! — eu falei aliviado.

Meus dois amores, minha avó e meu rio, mesmo que ver. Tal e qual. Sem tirar nem pôr!

Conclusão: dormir o rio nunca dorme, mas nas noites nubladas de lua nova, ele aproveita o escurinho, fecha os olhos, tira um cochilo e descansa. Aprendeu com minha avó.

— Agora entra. Vamos embora, é muito tarde, meu filho!

Quando meu pai deu partida, eu me lembrei das estrelas, que alívio! Como é que eu não tinha me lembrado delas? E falei:

— Tem as TRÊS MARIAS, o CRUZEIRO DO SUL, o planeta MARTE, VÊNUS, não é, pai? Eles fazem companhia pro rio e não o importunam nunca, não é mesmo?

— Pois é! E tem a lua crescente, cheia, minguante, sempre por aí, além da VIA LÁCTEA inteira pra lhe fazer companhia o resto da vida. Milhões e milhões de estrelas...

— Você contou, pai? — eu perguntei já sem sono, entusiasmado.

— Não, mas amanhã sem falta a gente vai contar, tá bom?
— Sem falta? Amanhã?

Cê contou? Nem nós. Mas mesmo assim eu achava meu pai superlegal. Ele era meu terceiro melhor amigo. O primeiro era o rio. Vovô era o segundo.

Capítulo 23

Hoje é domingo
pé de cachimbo
toca a viola
toca o sino
o sino é de ouro
bate no touro
o touro é valente
bate na gente
a gente é fraco
cai no buraco
o buraco é fundo
acaba este mundo.

O que é que eu fazia domingo?

De manhã eu pegava minha varinha, o vidrinho azul de leite de magnésia pelo meio de anzóis, miolo de pão, arrancava minhoca no canteiro da horta, assobiava chamando Espoleta e fazia de conta que ia pescar. Mas eu ia mesmo era namorar meu rio. Só eu e três velhinhos na margem de cá. Silêncio total. Absoluto. Pescador de verdade não fala bolacha no barranco do rio. É por isto que nunca ninguém ficou sabendo o nome um do outro.

Foi este meu namoro com o rio que me levou a conhecê-lo melhor. Era um namoro entre aspas. Só eu namorava. Moleque de tudo, dez, doze anos, era para ele que eu contava o que me afligia.

Contava de boca fechada. Eu não era louco de ficar falando sozinho feito siá Joana caduca!

Contava as broncas maternas (sempre injustas)... os fracassos na escola (frequentes)... os castelos adolescentes (de areia)...

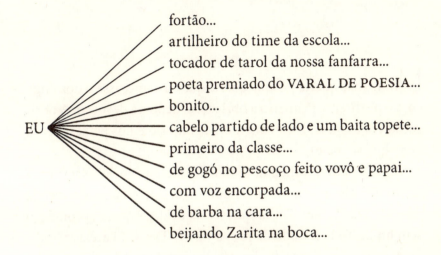

EU
- fortão...
- artilheiro do time da escola...
- tocador de tarol da nossa fanfarra...
- poeta premiado do VARAL DE POESIA...
- bonito...
- cabelo partido de lado e um baita topete...
- primeiro da classe...
- de gogó no pescoço feito vovô e papai...
- com voz encorpada...
- de barba na cara...
- beijando Zarita na boca...

Com o tempo fui contando mais coisas.

Falei de umas coisas feias (gostosas) que eu andava fazendo na hora do banho.

Falei do nó cego dentro da minha cabeça. Minha avó carola e benzedeira, minha mãe rezadeira, meu pai não sei quê... e eu, perdido no meio daquele tiroteio, preferindo mil vezes amanhecer na beira do rio aos domingos enquanto minha mãe, ao contrário, me obrigava a ir à missa das dez.

Capítulo 24

Minha mãe queria porque queria que eu começasse o domingo com o pé direito. Primeiro a obrigação, depois a devoção. A obrigação era a missa. E eu com a cabeça no rio e nos peixes, pensa bem, que suplício!...

Aquele padre, também, tenha a santa paciência! Não podia celebrar mais cedo a missa de domingo? Ali pelas seis horas da manhã? Não? Não! Tinha que ser às dez!... Aquela aprontação sem fim!... Todo mundo de roupa-de-ver-Deus!... Parecia festa!

A missa era comprida demais da conta! O padre falava, falava, falava... A botina apertava meu pé... Meu irmão queria beber água... O caçula queria fazer xixi... Meu avô arranjava uma tosse daquelas!... Por fim minha avó achou que a tosse dele atrapalhava a missa e resolveu, da cabeça dela, que ele podia seguir a missa do lado de fora da capela, fazia o mesmo efeito.

Eu acho que ele ficou pra lá de Bagdá de contente. Porque estava cheio de outros velhos na porta da igreja, decerto todos ruins dos peitos, e eles ficavam num assuntão que só vendo!

Eu pedi pra minha avó se podia ficar junto com meu avô, fazendo companhia pra ele. Dei até uma ideia bastante boa, não sei por que minha mãe e ela ficaram tão enfezadas comigo.

— Quem sabe a gente reza em casa mesmo, hein, vó? Vovô não confessa nem comunga, e eu ainda não fiz a primeira comunhão... Será que podia? — eu sugeri meio com medo.

Se meu plano desse certo, em vez de rezar em casa, nós íamos rezar na beira do rio. Será que meu avô topava? É claro que topava, ele era um velho muito pra frente! E, como eu, um pescador de mão cheia!

Ai, ai, ai, pra que que eu falei isto?! Minha mãe só faltou me chamar de santo e rapadura!

— Reza, Gutinho, pede pro seu anjo da guarda tomar conta de você. Você está impossível... muito levado... muito rebelde! Você é o mais velho, devia dar exemplo pros irmãos!...

Nessa hora é que eu tinha birra de ser o mais velho. O mais velho tinha de ficar o tempo todo servindo de modelo para os mais novos.

Vó Augusta pegava com Deus.

— Que desatino é este por causa deste rio, meu filho? Justo você, o meu neto mais velho, um rapazinho tão bonito, tão ajuizado!... Sabia que foi Deus que fez o rio, meu filho?

Ia começar de novo aquela conversa que nunca acabou bem pro meu lado. Eu gostava demais da minha avó, ainda mais que eu só tinha uma avó viva. E ainda por cima me chamava Augusto por causa dela. Mas aquela cantilena!...

— Põe sentido, menino, foi Deus quem fez o rio. Fez a igreja, fez a religião, fez a fé... Não custa você ir à missa primeiro... O domingo é grande, dá tempo de pescar até enjoar.

— Não dá, vovó. Depois da missa já é hora do almoço, depois tem que fazer o quilo, depois o sol está muito quente, depois já está esfriando, tem sereno, depois... eu sei muito bem... depois só domingo que vem!... A melhor hora para pescaria é bem cedinho, vó!

Desde pequeno eu fui rebelde mesmo. Inconformado. Cheio de dúvidas. De vontade de desmontar coisas, ideias.

Minha tia me dava o maior apoio. Minha mãe ficava muito preocupada. Meu pai via com naturalidade. Meu avô piscava o olho direito e falava ESSE É DOS MEUS! Mas a coitadinha da vovó Augusta ficava escandalizada.

Acho que eu era levado, também. Arteiro. Curioso. Especula.

Um dia minha mãe estava reclamando de mim para um vizinho nosso, avô do Tuza, que era meu fã, e ele passou um pito nela, achei bem feito.

— Bate o pé na boca, se a mão não alcança! Esse menino é um ouro achado... Você prefere encanar o braço ou limpar a baba?

Minha mãe pensou, pensou, repensou e entendeu que era um trilhão de vezes melhor ter um filho levado, rebelde, inconformado e perguntador como eu.

Fiquei contente e animado com a ideia que ele mesmo deu, de meu avô e eu frequentarmos a reza do colégio das freiras às seis da tarde, na capela, bem pertinho de casa. Com ele, que também tossia muito. Foi graças a esta troca que nossas pescarias domin gueiras ficaram garantidas para sempre. Primeiro a devoção, o rio, depois a obrigação, a missa.

Durante muito tempo minha avó me alfinetou por causa daquela troca de horário da missa. Falava que meu pai devia pôr um paradeiro naquela minha danação pelo rio. Que Deus, quando fez o rio, não desejou que menino nenhum ficasse escravo dele.

Eu punha bem sentido na explicação dela. Ficava muito agradecido a Deus por ter feito meu rio, se é que tinha sido ele. Mas na mesma hora minha cabeça pensava umas coisas tortas, o capeta atentava e eu, burro, ao invés de calar o bico, falava besteira. Até que um dia eu pus tudo a perder.

Capítulo 25

— Vó, posso te falar uma coisa?

— Não!

— Mas eu tenho que falar, vó! Eu estou na escola para quê? Para aprender coisas. Uma das matérias que eu estudo lá se chama geografia. Dentro do livro tem um capítulo que só trata de rio, mas não diz quem foi que fez, se foi Deus, se foi Satanás, se foi sei-lá-quem...

— Cala a boca, menino!

— ...tem outra matéria, vó, chamada história geral, que estuda o homem desde as primeiras tribos, as guerras, os impérios, os templos, as religiões. Também não fala em Deus hora nenhuma...

Minha avó ralhou comigo, brava demais.

— Vai caçar um brinquedo, vai! Que prosa boba!...

— Vó, não fica com raiva de mim, não! Domingo que vem eu vou com a senhora à missa das dez, juro, mas agora escuta, vó, sabia que este Deus nosso nem é o mais famoso do mundo? Tem muitos outros deuses por aí. E tem gente que nem acredita em Deus. Acredita em coisas. No sol, na lua, no trovão!...

— Para de blasfemar, menino, você está me desrespeitando! Onde já se viu gente largar de acreditar em Deus para acreditar em lua? Coisa mais sem pé nem cabeça!... Quem é essa gente tão herege que acredita nessas bobagens?

— É índio, vovó! — eu expliquei.

— E índio por acaso é gente? — ela perguntou.

Então eu busquei meus livros no quarto e lhe mostrei meio à força, porque ela estava muito nervosa.

Falei como meu professor tinha falado na sala de aula. Que índio era gente inteligente pra caramba, que já morava no Brasil antes dos portugueses chegarem. Contei que conseguiam viver no meio do mato, sem sal, sem remédio, sem papel higiênico, sem luz elétrica, sem nada.

— Hoje, seu Guto, antes de dormir, o senhor vai rezar três padre-nossos e três ave-marias, pelo atrevimento... — ela disse, cheia de mágoa de mim.

— Rezo, vó, mas deixa eu falar só mais uma coisa?

— NÃÃÃÃÃOO!

— Vó, Deus não fez igreja nenhuma, missa nenhuma...

Ela não escutava o que eu estava dizendo, de tão contrariada.

— ...quatro padre-nossos e quatro ave-marias...

— Vó, pera aí! Não fica com raiva de mim, não, eu não inventei nada disto. Está no meu livro... Poxa, vó, a senhora também, hein?...

— Não piora as coisas, Auguuustô!... CALA A BOCA!... — meu pai gritou.

Aí eu fiquei chateado mesmo. Minha avó não era boba. Por que fazia de conta que não sabia das coisas? Vontade de lhe perguntar de que cor era o cavalo branco de Napoleão, mas isso também já seria o cúmulo do atrevimento, eu não tinha coragem. Então, só por desaforo, eu perguntei calmo, bem insolente, pra pisar no seu coração religioso:

— E menino pobre que mora na margem de lá, que nem botina não tem pra ir na escola, me diz, quem foi que fez, hein, vovó?

— AUGUUUUUSTÔÔÔ! — meu pai berrou.

— ...cinco padre-nossos e cinco ave-marias!... — ela disse, solene como um papa.

Naquele dia minha burrice chegou ao ponto mais alto. E meu pai me botou de castigo durante quinze dias, sem ir ao rio, em plenas férias de julho.

De noite, quando me deitei, eu chorei até, porque todo mundo estava de cara fechada para mim. Todos, de mamando a caducando, disseram que eu era um menino ruim, um neto ruim, que afrontava uma avó tão boa como a minha.

Aquilo era uma injustiça de todo mundo porque eu não era nem um pouco ruim. Eu gostava demais da vovó, só que minha cabeça pensava com muita coragem, e eu ia em frente nas leituras, sem medo de aprender, cada vez querendo saber mais. Era aí que eu entrava pelos canos!

Lá pelo terceiro padre-nosso me bateu aquele sono da morte. Eu enrolei a língua, embolei a reza.

Queria dormir sem cumprir a tarefa, mas a estampa do anjo da guarda ajudando os dois irmãozinhos a atravessar a ponte estava ali, dependurada bem em frente à minha cama... Então eu me levantei, fui ao banheiro, lavei o rosto com água fria, voltei para o quarto e terminei minhas orações.

Minha avó gostava de mim? Gostava nada! Se gostasse mesmo, ela me dava uma penitência menor.

Eu era respondão? Não era. Eu era sem educação? Não. Eu era desamoroso? Nããão! Eu era um menino esforçado em casa, aplicado na escola e cheio de dúvidas, só isso.

Vovó ficou tiririca. Magoadíssima! Passou dias sem falar comigo.

Ela não pediu desculpa para mim. Eu não pedi desculpa para ela. Continuei fazendo minhas obrigações. Varria o terreiro dela, queimava o cisco, aguava a horta. Falava "bença vó?", assim, meio da boca pra fora. Ela respondia "Deus te abençoe!", sem entusiasmo. E ficava por isso mesmo.

Esta foi a atitude mais errada da minha vida. Eu me arrependi amargamente de ter levado aquela briga a ferro e fogo. Custava nada ter falado "desculpa, vovó?" Era só abrir a boca.

Quando o castigo acabou, fui correndo ver o meu rio. Tinha que contar tudo pra ele, como de fato contei, tim-tim por tim-tim, do meu jeito, é claro, puxando as brasas para a minha sardinha, talvez, o que não tirava minha razão. Especialmente porque a verdade estava dentro dos meus livros da escola, mais uma vez.

Sabe o que o rio respondeu? Respondeu que o silêncio vale mais do que a razão, algumas vezes, e que muita água ainda ia passar debaixo daquela ponte antes que se descobrisse com quem estava a verdade.

Como é que ele falava comigo? Assim, baixinho, palavra por palavra, dentro do meu coração. A gente se entendia muito bem.

— Dá tempo ao tempo, Gutinho, larga de ser contrariante e bobinho! Larga de querer ser o dono da verdade! Tem tanta coisa mais importante, mais urgente... Dá tempo ao tempo, meu filho...

Então eu dei tempo ao tempo e aprendi que não há nada como um dia atrás do outro, é ou não é?

Aquilo foi passando, passando, porcelana trincada, até que passou de vez e eu voltei às boas com minha avó. Foi bom para os dois. Ela ficou mais esperta, mais moderna, e eu fiquei mais calado, mais no meu canto.

Eu tinha dúvidas mais importantes a resolver. A dúvida do meu futuro, por exemplo. Eu queria ser agrônomo ou veterinário? Promotor ou juiz? Professor ou dentista? Comerciante ou político? Contador ou bancário? Ou apenas pescador de piau?

Se eu não fizesse mais nada, se passasse o resto da vida ali, no barranco do meu queridíssimo rio, já seria uma felicidade. Um tempo bem empregado. Só que os velhos achavam que aquilo era tempo perdido, era o cúmulo da vagabundagem!

Capítulo 26

O mar...! O mar era minha diferença. Eu me lembro disto nitidamente.

Eu tinha uma certa bronca do mar. Para mim ele era um engolidor de rios. Poderoso... Violento... Sorrateiro... Perigoso... Genioso... Sonso... Agressivo...

Mais do que bronca, eu tinha medo. Um medo idiota, sem quê nem porquê, mas eu tinha. Não simpatizava com os mares nem com os oceanos. No fundo, no fundo, eu sabia que eles iam acabar engolindo meu rio e... É, devia ser por isso!

Aquela água infinita pros lados, pro fundo... Aqueles peixes enormes... as correntes marítimas... os *icebergs*... o mistério dos continentes submersos... a Atlântida... o Triângulo das Bermudas... os seres humanos e antropomórficos, habitantes das lendas e da imaginação das pessoas: sereia... Netuno... Iemanjá...

Eu não aguentava a burrice e a lerdeza do mar, pra lá e pra cá, pra lá e pra cá, noite e dia, entra ano, sai ano. Moleque cerradiano, era natural que eu não morresse de amores pelo litoral.

Um belo dia... Tem sempre um belo dia na vida da gente. O dia em que o rio da nossa vida faz uma curva inesperada e toma um rumo diferente. Para sempre.

1961. Eu já era grande, ia completar treze anos em agosto.

Foi pelo rádio que veio a notícia. Que notícia era aquela? Todas as rádios repetiam a mesma informação. Havia um homem no céu, um piloto. Fora da órbita da Terra. Fora da órbita? Meu Deus!...

— TIIIIIIIIIIIIIIIIIAAAAAAAA, corre aqui! — eu gritei. Tem um piloto no espaço, tia, ele disse que a Terra é azul... Escuta, tia, óóóó!...

— Um piloto? E daí? Lugar de piloto é no espaço mesmo, Gutim!

— Não, tia, lugar de piloto é no céu. E este está muito mais alto, está fora da órbita do nosso planeta... Ele viu a Terra, tia, ela é azul!...

— Fora da órbita? Maluco, hein? E ele é bonito? Diz que eu mandei um beijo!

Tia Zeré, cabeça de vento, preocupada com beleza numa hora daquela!... Também, se ela não entendia nem de marinheiro, ia entender de astronauta?...

Pela primeira vez um homem de carne e osso tinha ido ao céu numa nave espacial. Sozinho. Os aparelhos e ele. O risco de vida! E, lá de cima, engasgado, emocionado, maravilhado, penso eu, completamente extasiado pela descoberta fantástica, Yuri Gagarin anunciou solenemente:

O ESPAÇO É NEGRO
E A TERRA É AZUL!

— Manhêêê!... Paiêêêêê!... Cadê todo mundo?... Gente, tem um piloto no espaço!... Vovô!... Vovóóó!...

Saí correndo feito um louco pela cozinha afora, pelo terreiro abaixo, gritando TEM UM HOMEM NO CÉÉÉÉU!...

Mamãe, vovó e vovô estavam lá no fundo, transplantando alfaces na nossa horta de couve. Eles se assustaram com a minha gritaria, também não era para menos!

— Que foi, Guto? Calma, meu filho! — minha mãe disse alarmada. — Machucou alguém? Morreu alguém?

Eu só conseguia dizer pedaços de frases:

— ...um homem... um piloto... no céu... sabe o que ele disse, mãe?... é um piloto russo...

— Nossa, esse menino vai ter uma coisa, olha o beiço dele, branco feito um papel!... ZERÉÉÉÉÉ, TRAZ UMA ÁGUA COM AÇÚCAR PRO GUTO, ANDA LIGEEEIRO, MINHA FILHA! — vovó gritou aflita.

Meu avô passou por baixo da cerca de arame farpado, pegou minhas mãos geladas e as apertou no peito. Disse:

— Fecha os olhos, Augusto... respira fundo... assim... respira bem fundo... calma, meu filho... respira... devagarzinho... assim... calma...

Vovô me abraçou apertado e eu chorei até, mesmo... de soluçar! Ele passava a mão na minha cabeça e dizia:

— Queria tanto que você fosse bancário, mas já vi que você nasceu cientista. — E ia acarinhando meu cabelo encaracolado. — Ou será que nasceu poeta?

Enquanto eu ia bebendo os goles de água doce, minha tia ia explicando a notícia, do jeito que ela sabia. Como ela não sabia patavina, ficou tudo mal explicado.

Vovô achava que o piloto não podia estar fora da órbita da Terra. Mamãe achava que era boato. Vovó falou que era coisa de gente ímpia. Que o céu a Deus pertence e ninguém haveria de pôr as patas lá, mas como o dia do juízo final estava próximo... Por via das dúvidas, fez o sinal da cruz. E perguntou:

— Minha filha, você não acha esse seu menino meio perturbado, não? Uma perrenguice dessa, por causa duma tutameia!...

Quando meu coração foi desacelerando e a respiração se acalmou, vovô inventou uma desculpa qualquer e me tirou dali.

Fomos andando, andando, ladeira abaixo, e ele me contou um segredo. Tinha certeza de que o homem ainda ia fazer um avião bem possante, capaz de voar até a Lua, até o planeta Marte. Se o nosso Santos Dumont fez o que fez, sozinho, já pensou quando existir escola pra todo mundo?... Vai pegar fogo na caixa d'água, põe sentido no que eu estou falando, Augusto! Você ainda é menino, vai ver coisa do arco da velha!

Nós dois tínhamos uma ceva no poço da curva. Vovô aproveitou para ir até lá e, enquanto ele conferia as espigas de milho, eu fiquei na beirinha do barranco, de pé, mudo, olhando o rio.

Vovô disse:

— Fala pra ele, Guto... fala do piloto...

Eu não dava conta, estava cansado demais. Pedi que ele falasse.

— Diz, vô, que a Terra é azul, diz... — eu pedi.

— Rio, você não sabe da maior?! A Terra é azul, foi o moço quem disse... — ele começou. E me perguntou se estava bom assim.

— Mais alto, senão ele não escuta. Assim, ó: RIIIIIIÔÔÔÔÔ, A TERRA É AZUUUULL.

E meu avô repetiu:

— RIIIIIÔÔÔÔ, A TERRA É AZUUUL!

— Mais alto, vovô: RIIIIIIIIIIIIIIIIIIÔÔÔÔÔÔÔ!

Então meu avô abriu os peitos e gritou com toda força:

— RIIIIIIIIIIIIIIIIIIÔÔÔÔÔÔÔÔÔÔÔÔÔ...

E eu também gritei com toda minha força, pensando que talvez o piloto russo pudesse ouvir o nosso grito:

— RIIIIIIIIIIIIIIIIIIIÔÔÔÔÔÔÔÔÔÔÔÔÔÔÔ...

Gritamos, gritamos, gritamos. Havia uma grande alegria nos nossos corações.

O céu estava azul, limpo, maravilhoso. Céu de outono. Céu de abril. Uma paineira enorme, do tempo do onça, toda coberta de flores, salpicava o chão de cor-de-rosa.

Não era um avô e um neto que estavam ali, gritando feito bobos. Eram dois meninos de doze anos, amigos do peito, celebrando a descoberta do nosso planeta. Felizes da vida! Cúmplices!

        A TERRA É AZUL !
        A TERRA É AZUL !
        A TERRA É AZUL !

Capítulo 27

Aquela notícia foi para mim como um choque de 220 volts. Senti uma grande emoção e sinto até hoje sempre que me lembro daquele momento incrível. Guardei a ficha que o professor de geografia preparou para a Feira de Ciências daquele ano:

Nome:	YURI ALEKSEIEVITCH GAGARIN
Idade:	26 anos
Profissão:	piloto de avião
Nacionalidade:	soviética (nascido em Smolensk em 1934)
Data do voo:	12 de abril de 1961
Veículo:	nave espacial Soyuz
Destino:	espaço sideral
Objetivo:	observar o céu e o planeta TERRA

Para o mundo inteiro talvez ele seja apenas o primeiro navegante do cosmo. Para mim, leitor fanático de histórias em quadrinhos, ele será sempre o super-homem do século xx, o descobridor da Terra.

Seria um predestinado? Teria ele nascido com esta missão? A gente tem mesmo uma missão a cumprir?

Podia tanto ter sido eu! Eu sempre fui valente e corajoso. Se tivessem me convidado para tripular aquela nave Soyuz, será que eu teria coragem? Sozinho?

Uma engenhoquinha de nada, boiando na imensidão do céu, ainda mais num céu negro como ele descreveu... Será que eu teria coragem? Acho que não. Toda a minha valentia e a minha coragem não chegavam nem aos pés da de Gagarin.

Pensei nos marinheiros antigos... Pensei nos portugueses e espanhóis que partiram em busca do caminho das Índias em caravelas tão frágeis e acabaram descobrindo o Novo Mundo. Pensei nos piratas...

No meu livro de História do Brasil estava escrito que havia festa a bordo quando o vigia divisava sinais de costa e gritava:

T E R R A   À   V I S T A !

Gagarin, ao contrário, flutuando no espaço sideral, isolado, nem teve o conforto do abraço de um ser humano com o qual pudesse repartir a emoção do descobrimento. Eu, cá da Terra, enchi os olhos de lágrimas, eu, que sou fortão, que quase nunca choro. Faço ideia Gagarin!

A Terra é azul? Como assim? Azul por quê? Azul de quê? Ah, azul de tanta água na superfície!... O espelho d'água!... Azul esverdeado do tapete verde da grama, dos capins, da copa das árvores, das matas, das florestas!...

É claro, só podia ser! Como é que ninguém pensou antes? Era de novo o ovo de Colombo. Estava na cara!

P L A N E T A   A Z U L
P L A N E T A   Á G U A

De tanta água que havia por cima da Terra, só tinha que ser azul, evidentemente. Só bobo não maliciou, e, no entanto, já haviam se passado milhões e milhões de anos... E a gente, burramente, chamando nosso planeta de Terra, vê se tem cabimento!

Azul de tanto olho d'água,
açude, cabeceira,
de tanto corguinho,
riacho, ribeira,
lago e lagoa,
de tanta geleira,
tanto mar e oceano,
que coisa mais linda,
que coisa mais boa,
que nunca se finda!

Então eu pensei: será que o cosmonauta avistou o meu rio? Meu riozinho turvo, tingido de azul, que alegria para o meu coração!

— Você é bobo demais, rapaz! É claro que ele não avistou o seu rio!

Compreender eu já tinha compreendido, porque sempre fui estudioso. O ciclo da água nos seus três estados eu tinha testado em experiências científicas na escola e em casa, derretendo cubos e cubos de gelo.

O que me faltava não era compreender, era aceitar o óbvio. Os elos da mesma corrente.

O mar não era o vilão da história, não era o único engolidor de rios. Os rios, também, e as lagoas e os lagos, se engoliam uns aos outros na barra, no delta, na foz.

A umidade do ar, o vento, a nuvem benfazeja que se derrete em chuva, o lençol misterioso no fundo do poço, tudo era parte do milagre da vida, e a vida era a água. Estava tão simples!

"A TERRA É AZUL" foi a senha. Meu coração como que serenou.

Para mim é um marco. É o momento em que o menino Guto, num estalar de dedos, viu tudo, viveu tudo, compreendeu tudo, amadureceu tudo e ficou para sempre adulto.

BYE, BYE, INFÂNCIA,
NUNCA MAIS EU VOLTO!

MEIO

Capítulo 28

Quando terminei os estudos na escola que ficava na outra margem do rio, aquela paquera diária também terminou.

O estilingue, as bolinhas de vidro, a espingarda de ar comprimido, o álbum de figurinhas, a coleção de lápis, o sonho de viver na ilha, tudo isto ficou pequeno, sem importância, apagado. Eram lembranças do meu tempo de menino.

Depois a vida foi tomando outro rumo. Quanto mais eu estudava, menos pescava. Nadar pelado? Nunca mais! O rio continuava sendo a minha devoção, como dizia minha avó, mas eu precisava estudar se quisesse cuidar dele um dia. E eu queria. Como queria!

Então veio o tempo das calças compridas. Do tiro de guerra. Eu jurando a bandeira, empolgado. Sol de rachar. A farda engomada pinicando o pescoço. Onze horas! O patriotismo saindo pelo suor dos meus poros. Pela minha garganta, em altos brados.

> *"...Porém se a pátria amada*
> *for um dia ultrajada*
> *lutaremos com fervor.*
> *Amor febril*
> *pelo Brasil..."*

Paizão todo compenetrado, o coração não cabendo no peito, de tão orgulhoso. Mãezinha fungando debaixo da sombra ridica da sombrinha de seda florida. E Zarita saliente, me aplaudindo, toda bonitinha dentro de um vestido de gola marinheira.

O que mais eu queria da vida? A macarronada com frango que minha avó tinha feito para aquele almoço festivo e o beijo gostoso que eu ia roubar de Zarita quando ela desse bobeira.

O que foi que me amarrou em Zarita? A alegria? O sorriso bonito? O jeitinho estouvado? A camaradagem? O assanhamento? A inteligência à flor da pele? A simplicidade? A ingenuidade? A doçura? A fidelidade?

Zarita tinha tudo que minha mãe sonhava encontrar numa nora. Mas tinha pressa. E talvez eu fosse o genro que o pai dela pediu pra Deus. Casa sua filha com o filho do seu vizinho, era a nossa receita roceira de felicidade. Mas eu tinha outras prioridades.

BYE, BYE, ZARITA,
UM DIA EU VOLTO!

Capítulo 29

Passei no vestibular.

A universidade era muito respeitada, das mais antigas do país, só que era longe demais da minha cidade. Porém era a única que oferecia o curso que eu tinha escolhido. E eu, indiferente à fungação de minha mãe, aos silêncios de meu pai, à perguntação dos irmãos menores, me pus a fazer planos e a arrumar meus guardados.

As bolinhas de vidro estrangeiras eu confiei ao meu irmão caçula, que era quem mais gostava de olhá-las. Não dei, não. Disse que ele passava a ser meu sócio, responsável por todas elas na minha ausência. E ele ficou todo feliz com as 571 bolas.

As outras, menos bonitas, azuis e verdinhas, esfoladas, meus trunfos no jogo de biloca, eu liberei para toda a irmandade, para que eles brincassem à vontade com os primos e os amigos no terreiro de casa, no pátio da escola, no passeio, que ainda era de chão.

Zarita me ajudou a conferir os endereços dos lápis de propaganda pela última vez. Um por um. Lata por lata. Eu tinha exatamente 1.118 lápis, uma senhora coleção!

Gastamos uma tarde inteira fazendo isto. Fevereiro. Chuvinha mansa lá fora. A criançada em volta de nós, cotovelos fincados na mesa de imbuia, olhinhos maravilhados que nem piscar piscavam.

Separei uns trezentos repetidos e fui levá-los, eu mesmo, dias depois, na minha escola querida, do lado de lá da ponte, para que a professora de português os distribuísse entre os meninos que não tivessem botina para ir à escola, mas gostassem de futebol.

Fui sozinho. Acho que eu queria me despedir da escola e da ponte.

O ano letivo ainda não havia começado. Não havia nem um aluno na escola. Só pedreiros e pintores. Mas a professora estava lá. Não sei se achei bom encontrá-la ou se achei ruim.

Ela passou a mão no meu cabelo, disse que em breve aqueles cachos iam rolar por terra no trote dos calouros. Guarda três cachos, ela recomendou, um para sua mãe, um para a namorada e um para mim!

Disse que eu voltasse logo para ser professor naquela escola... Que eu tinha sido um aluno levado, curioso demais, mas sempre educado, pontual com as tarefas e respeitador de professores e bedéis. Que, qualquer que fosse a minha profissão, eu nunca deixasse de ler jornais nem deixasse de escrever poesias... Disse que se orgulhava de mim etecetera e tal...

Por que será que ela não disse que gostava de mim? Era uma coroa solteirona, meio chatobinha. Tinha gasto a beleza e a juventude ensinando os filhos dos outros, vai ver que nem teve tempo de arranjar filhos para ela. Podia muito bem ter dito que... Era só abrir a boca e... falar!

Eu também não falei. E eu também gostava dela. Foi ela que me ensinou a fazer análise sintática. A conjugar verbos em todos os tempos, modos e formas. A gostar de ler livros de escritores brasileiros. A escrever "com a alma", como ela dizia.

Podia muito bem ter lhe contado que tinha sido minha melhor professora de português, o que era a pura verdade. Mas, é aquela velha história, eu era ruim pra estas coisas. Eu disse apenas que a gente ainda ia se ver antes da minha viagem.

Entreguei-lhe os lápis, virei as costas e saí, sem pressa, passando de sala em sala, em busca de um menino chamado Augusto, que entrara lá pela primeira vez aos sete anos, assustado, trazido pela mãe... Na capanga de pano veio um lápis, uma borracha, um caderno e uma merendinha de pão com carne de lascar e duas ameixas-de-queijo. Me lembro como se fosse ontem!...

No jardim e no pátio havia árvores frondosas que eu ajudara a plantar nas festas da primavera, em todos os setembros dos últimos onze anos.

Eu quase podia ouvir o riso, os gritos e as gargalhadas de muitos Gutos, Zaritas, Tuzas, Benés, Vicentes, Manés... Podia ver-lhes as carinhas malandras de meninos, mocinhos, jovens, primeiro brincando de pique, correndo enlouquecidos pelo pátio... depois dançando nas festas juninas... disputando torneios interclasses... torneios de oratória... colando grau...

Eu gostava tanto daquela escola feinha quanto da minha própria casa. Daí o nó na garganta na hora da despedida.

Catei umas pedras no caminho e fui andando lentamente até o meio da ponte. Enquanto atirava aqueles cascalhos na água, eu ia pensando na minha vida. Tinha aprendido com meu pai o ofício de mecânico. Eu era uma mão na roda na oficina, como vovô dizia.

Agora, com dezenove anos, medindo 1,88 m, o vão não me parecia tão alto nem o parapeito tão perigoso. Havia desafios maiores esperando por mim, mas havia, também, aquele nó na garganta.

— Rio, toma conta da nossa ponte. Se algum dia ela ficar engasgada, conta história de guerras, de princesas e príncipes, de heróis... — eu expliquei para o rio.

— E se ela chorar? — ele perguntou.

— Você chama o vento e canta pra ela.

— E eu lá sei cantar, meu menino?

— Claro que sabe, meu velho, canta a canção das águas, a canção do rio, de que eu gosto tanto! Se for preciso, diz pra ela que eu já estou voltando.

— Não, Guto, mentira tem perna curta. Ela sabe, como eu sei, como você também sabe, que centenas de luas cheias vão nos iluminar antes que você possa voltar para nós.

— Você, rio, ainda tem a ponte e a lua, mas eu... Vou sentir saudade demais da conta... Eu cresci aqui, vou morrer de saudade... Se pudesse, levaria vocês quatro comigo. Vão se passar luas demais... É muito longe aonde eu vou... Não sei onde eu estava com a cabeça quando fiz este vestibular...

O rio ficou calado, pensativo, jururu... Era um rio muito sistemático, não ia dar o braço a torcer. Apenas disse que, se eu quisesse levá-los, eu os levaria. Só dependia de mim.

— Se quiser, eu levo? É claro que eu quero. Por favor, me ensina!

— Presta atenção, Guto: o que a gente ama, a gente leva consigo.

— Fala bobagem, não, meu amigo, como é que eu posso levar uma ponte comigo, um rio, uma lua... um avô?... Ah, se eu pudesse!

— Pode, é só querer — ele afirmou.

— Mas eu não sei como...

— Sabe. Se você ama, você descobre o jeito...

— Eu prometi a você, prometi a mim, eu tenho que ir... amanhã de madrugada... mas estou confuso, rio... são muitos anos, é muito longe... Tem hora que me dá uma vontade de desistir!...

— Sossega essa cachola, meu menino! Está todo mundo orgulhoso de você, da proeza que você fez, de passar neste vestibular!

Quanto mais ele me consolava, mais eu me sentia perdido. Minha cabeça era um corrupio... E se adoecesse alguém? Se morresse? Vovô e vovó já estão velhos... papai precisa de mim na oficina... lá em casa tem cinco meninos abaixo de mim... eu sou um fulano egoísta, um mutrecão deste, quase vinte anos de idade, na hora de ajudar o pai, caio fora, sacrificando a família, dependendo de mesada...

— Aquieta este susto, Augusto! Vai pra casa, faz as malas e parte. A lua é muito andeja, vai trazer notícias suas, sempre, fresquinhas. Quanto aos seus familiares, quanto à ponte, quanto a mim, nós fazemos parte da sua bagagem, vamos dentro dos seus olhos, dentro do seu coração. Vai, meu filho, eu tenho pressa. Segue seu caminho sem olhar para trás! — ele disse com sabedoria.

BYE, BYE, MEU RIO,
JÁ, JÁ EU VOLTO!

Capítulo 30

Bença, pai! Bença, mãe!

Era a hora difícil de fazer as malas e dizer adeus! Eu me repetia que era por pouco tempo, mas meu coração adivinhava que a demora seria longa.

Bati asas e voei pra bem longe. Cada vez pra mais longe. Atravessei pontes e pontes. Vi rios e rios. Todos mais largos que o meu, muito mais importantes, muito mais badalados. Rios que estavam desenhados nos atlas do mundo inteiro. Muita água tinha passado debaixo das pontes daqueles rios.

MUITA ÁGUA
MUITA GUERRA
MUITA HISTÓRIA
MUITA MÁGOA
MUITO SOFRIMENTO
MUITA DERROTA
E VITÓRIA

E eles ali, limpinhos, charmosos, piscosos, servindo às cidades, servindo ao turismo, servindo à vida. Vivos.

Lembrava meu riozinho querido, vagaroso, manso, cortando minha cidadezinha ao meio. Era por ele que eu tinha ido tão longe!

Precisava aprender tudo a respeito de hidrografia para voltar e ajudar meu rio.

O tempo que eu tinha perdido naquele "namoro" mais besta! Nunca subi o rio. Nunca desci. Jamais conheci a cabeceira. Sequer dobrei a curva de cima. Jamais fui à ilha, nem pra morar nem pra viver nem pra saber como era o trecho abaixo da curva. Nem pra tirar a limpo se a árvore grande era jatobá ou pequi.

Nunca ninguém me disse se ele corria para o norte, para o sul, para leste ou para oeste. Nunca soube o nome de seus afluentes. Em algum lugar ele desaguava, só que, enquanto eu era menino, nunca achei um filho de deus que pudesse me levar lá.

Fiquei ali toda vida, bestando, na margem de cá, na margem de lá, entretido com os cardumes de lambaris, com meus saltos ornamentais do alto da Pedra do Sino, nadando, nadando, nadando, sem nunca vencer a correnteza em linha reta, que era o que eu mais queria.

Eu marcava o rumo, em frente, e saltava. E sempre ia parar lá embaixo, na outra margem, engarranchado nos galhos finos e fortes do ingazeiro beijoqueiro, debruçado sobre a marola do rio.

Trinta léguas rio acima? Quem foi que mediu? De que jeito mediu? Mediu rio acima? Ou mediu rio abaixo? Ou será que mediu com achômetro, chutômetro e queixômetro?

Tinha sido uma lenga-lenga no meu tempo de menino.

— Pai, me leva na cachoeira?

— É longe, meu filho!

— É longe que tanto?

— XIIIIIIIIIIIIIIIIIIIIIIIIIIIIIIIIIIIIIIIIIII!

— Que tanto, meu pai?

— Daqui até lá tem um queijo e uma rapadura.

— NOOOOOOSSSSSSSAAAA! Então amanhã?

— Domingo que vem, sem falta!

— Jura, paizão?

— Juro, não. Homem que jura não presta. Dou minha palavra de honra!

Falava, falava, mas nunca ia. Cê foi? Muito menos eu. Êta pai preguiçoso, êta pai mentiroso!

O tempo passou. Domingo... feriado... dia santo... férias e férias... O encanto da infância acabou e nada d'eu ir.

Era só bater pé, fazer greve de fome, sei lá! Era só falar NÃO! Não estudo! Não como! Não faço a lição! Em último caso, era só fugir de casa, todo mundo fugia!...

Decerto eu era um menino lerdo demais. Parado demais. Porque nunca tomei a iniciativa de visitar nem sequer a nascente do meu rio. E era bem ali... Ou talvez eu fosse um filho muito obediente. Só isto.

Fui nascido e criado no mesmo lugar e não achei hora nem jeito de conhecer a cachoeira tão linda, dez léguas a montante do meu pocinho. E nem soube que havia mais quatro cachoeiras a jusante!

Chamava um, não tinha interesse. Chamava outro, não tinha tempo. Chamava meu pai, dizia domingo que vem, sem falta. O tempo passou, eu virei mecânico, jurei bandeira, fiz vestibular, passei e sumi no mundo. A cascata, que é bom, ficou pra um dia. Dia de são nunca, depois da chuva!

Eu sabia que os rios da minha terra nascem no topo dos chapadões, nos covoais, nos resfriados ou nas veredas, uma aguinha de nada, gota por gota vertendo incessante pelas mil bocas da terra, os olhos-d'água.

O lugar era plano e era alto. Ficava no chapadão de um planalto. Por isto o rio era manso, corria bem preguiçoso.

Eu morria de medo de acordar um dia e não o encontrar mais. Medo de que ele secasse por falta de uma montanha na cabeceira.

Me dava uma gastura, uma aflição, uma ruindade por dentro... só vendo, que coisa mais esquisita!...

Vovô achava que todas as cidades da região tinham sido construídas na cratera de um vulcão extinto, por isto é que ainda existiam rios quentes ali. Parece que a gente vivia dentro de um prato fundo. O horizonte era a borda, retinha, retinha...

Capítulo 31

Os outros rios do mundo eram muito diferentes do meu. Completamente diferentes.

Só encontrei um rio igual ao meu: o SENA.

Tinha Paris na margem direita e Paris na margem esquerda. E tinha uma ilha no meio. Que nem lá em casa. Tal e qual, com um pequeno porém, insignificante. É que Paris, sendo muito mais velha, tinha mesmo que ser um cadinho maior.

Havia rios que dividiam cidades, estados, países, povos, raças, religiões, ideologias, usos e costumes.

Havia rios mansos. Encachoeirados. Ferozes. Assassinos. Mornos. Quentes. Gelados. Congelados.

Havia rios malucos que evaporavam na seca e, depois, nas águas, esqueciam o caminho e passavam por outro leito, largando seus peixes atolados no barro, na terra dura, fossilizados para sempre.

E havia rios encantados que desapareciam no sopé de montanhas roncadoras, passavam por galerias subterrâneas incrivelmente espetaculares, misteriosas, acolchoadas de estalactites e estalagmites, e iam sair lá adiante, inesperadamente, como num passe de mágica.

Havia rios de todas as cores. Rios verdes, vermelhos, azuis, amarelos, brancos, turvos, pardos, negros, cor de ouro, de prata.

Havia rios piscosos. Madeireiros. Auríferos. Argentíferos. Diamantíferos. Limosos. Boiadeiros. E alguns tão extensos, capazes de atravessar um pedação de um país, de um continente, chamados rios de integração nacional ou internacional.

Havia rios com nomes indígenas.

Havia rios com nomes de santos. De bichos. De aves. De pessoas. De plantas. De coisas.

Havia RIO DAS VELHAS, RIO DAS NOVAS não havia. Até RIO DAS ALMAS e RIO DAS MORTES havia. Só não encontrei em parte nenhuma um RIO DA VIDA. Seria o meu? Com certeza!

A geografia econômica me ensinou a classificar os rios em três grupos: vivos, mortos e mortos-vivos.

Em país milionário, todo rio era VIVO.

Em país proletário, todo rio era MORTO.

Em país como o meu, nem cheirando a rico nem fedendo a pobre, todo rio era um MORTO-VIVO. Só que, como ninguém ligava, ia acabar morrendo de vez.

Eu tinha de aprender tudo e voltar correndo pra casa. Porém, para desespero meu, quanto mais eu aprendia, mais me faltava aprender.

BYE, BYE, MEU RIO,
ME ESPERA QUE EU VOLTO!

Capítulo 32

Tem papel que a gente nunca joga fora.

Um telegrama... um recorte de jornal... uma nota fora de circulação onde, faz muito tempo, uma pessoa querida assinou o nome e datou...

Estes papéis são pedaços da vida da gente... Assim como a minha única poesia e a biografia do rio.

Quando me formei, a família inteira foi à festa, toda enfatiotada. Até Zarita foi junto, de contrapeso, lindinha como sempre. Achei danado de bom! Ela era minha convidada para dançar a valsa de formatura.

Eu fui escolhido para orador da turma.

Meus pais achavam que eu era o suprassumo da inteligência, então resolveram fazer um esforço e me prestigiar. Depois nós passaríamos uns dias numa praia, entre o Natal e o Ano-novo. Apesar da chuvarada, ia ser bom demais, porque ninguém conhecia o mar e fazia anos que a gente não se reunia.

A viagem foi planejada com muita antecedência e minha mãe teve a boa ideia de me dar um presente original. Mandou emoldurar minha poesia premiada, aquela do rio valente, e uma redação muito divertida, feita no quarto ano primário, da qual já havia me esquecido.

Ah, que prazer reler aquele "livro" delicioso, escrito a lápis, com força, cheio de erros de ortografia e concordância!... Mesmo assim ri muito das minhas bobagens e achei que eu levava jeito para biógrafo.

Quem foi que disse que o menino é o pai do homem? Foi o poeta inglês Wordsworth, há duzentos anos! Nunca vi nada mais certo na minha vida. Eu, aos dez anos, escrevi a biografia do meu rio, uma biografia longa, malfeita, igual ao meu nariz, mas escrevi.

Não era propriamente um livro. Na verdade aquilo era uma semente, apenas uma boa semente que germinaria robusta, saudável, ligando o menino ao homem.

Capítulo 33

Biografia e História de um Rio

O rio... nasce, infelizmente, no município vizinho de... para desgosto de todos nós aqui de... É uma porcariinha de rio mais é o que nós temos e está bom demais!

Dizem que a nascente dele é bem perto daqui, encostada na linha de divisa dos municípios, mas eu mesmo nunca vi nascente muito menos a linha mais isto não vem ao caso.

Se todo mundo quisesse, podia fazer uma vaquinha, comprar aquelas fazendas e anequissar anecssar anequiçar nas terras do nosso município. Pelo menos que fosse fazendeiro... e não fosse pão-duro... e fosse cheio da gaita, mas cheio mesmo, pra chegar lá e falar grosso porque senão eu acho que não dá para convençer o pessoal de lá a vender a cabeceira para nós. Então o rio ficava sendo nosso, até de quem não colaborou com a vaquinha e a gente aproveitava e mudava o nome dele e ele passava a se chamar RIO..., que nem nossa cidade chama. E ainda por cima acabava aquela umilhação da gente ter um rio com nome de cidade dos outros, principaumente sendo cidade vizinha e, ainda para piorar mais as coisas, o futebol entre as duas sempre acaba mau.

Daí os dois iam ficar felizes para sempre porque nossa cidade é a rainha da vida dele, a única que ele banha em toda sua curta vida de umas trinta ou quarenta léguas, ou mais, ninguém sabe pra me dizer com certeza. Estes dois felizes são a cidade e o rio.

As 3 coisas mais importantes deste rio são:

1ª) a cachoeirinha acima da minha ponte, que eu nunca vi mais gorda mais penço que deve ser bonitíssima,

2ª) a minha ponte, aliás, minha e de todo mundo, até de quem nem dá bola pro rio, o que eu acho uma grande falta de respeito, e também achava que estes tais deviam sempre atravessar a nado, para apanhar amor pelo rio e pra ver o que é bom pra tosse!,

3ª) a minha ilha, na primeira curva logo abaixo da ponte.

4ª) a quarta coisa não faz parte das 3 coisas mais inportantes que eu acabei de falar mas, se eu não falar, eu esqueço dela que se trata de umas buchadas de vaca morta, é claro, que se as vacas estivesse vivas, as buchadas tinham que estar dentro da barriga delas, quem é que não sabe disso? Só que o povo da charqueada, muito descuidadosamente, joga na correnteza só pra atrapalhar quem está nadando, que nem eu e os meus amigos que sempre estamos e a minha mãe fica muito brava porém o meu pai diz que é vaca sadia e peixe gosta bastante. Será verdade? Eu por exemplo se fosse peixe não ia gostar de comer uma buxada daquela cheia de comida velha e podre, mas a vaca comeu porque decerto ela achou boa. Eu prefiro comer a vaca depois de morta principalmente o bife sangrando que até faz bem para a saúde e é muito gostoso com ou sem cebola no molho.

Pra baixo e pra cima ele não tem graça nenhuma, o rio, aliás eu não sei se tem ou não tem, porque um dia destes eu vou ver mais ainda não fui, não por culpa minha mais por culpa das gentes grandes lá de casa, que morrem de preguiça de pedalar uma bicicleta numa estradinha de terra no meio do mato mesmo que seje mato ralo, de cerrado. E o fusquinha da família conprado com a maior dificuldade, esse mesmo é que nunca vai arredar o pé da sombra daquela mangueira com destino a qualquer parte do rio, seje a nascente ou a cachoeira.

E o povo diz que lá embaixo tem uma hora que ele encontra outro rio bem grandão e aí é a coisa mais triste, porque ele some no mundo, pra nunca mais.

Eu sou doidinho pra ver esse lugar nem que eu morresse de chorar de tristeza depois. Se bem que eu não sou de chorar à toa.

Sem o meu rio eu não sou nada na vida, porque ele é a pessoa mais importante na minha vida e eu também estou quites com ele, porque eu sou a pessoa mais importante na vida dele, só que isso é segredo, senão tem gente fofoqueira que pode achar que eu estou ficando lelé da cuca mas eu ó, nem te ligo, farinha de trigo!

Eu acho o meu rio o máximo e adoro nadar pelado quando não tem ninguém pasando por perto. A pedra do sino é só minha, é o meu tranpolin secreto.

Agora por último eu deicho outros meninos irem lá. A gente faz assim, tira par ou impar para ver quem é que fica de vigia porque um dia um palhaço deu sumiço na roupa de todo mundo e aí foi um problema sério. Só que tem agente já está meio desconfiado de um carinha e se for ele mesmo agente vai dar a maior surra nele pra ele largar de ser besta.

Se algum dia a água deste rio secar eu nem sei o que será da minha vida! Meu avô diz que não seca, que eu posso dormir sossegado. Então eu durmo. Desconfiado. De manhã eu corro pra ver se está tudo bem. Por enquanto está.

Fim da biografia deste grandioso rio.
Aluno — Augusto, vulgo Guto — nº 8 — 4º ano primário
Colégio Estadual Sete de Setembro, 15 de março de 1959

Capítulo 34

Meu grandioso rio! Tinha sido uma paixão arrebatadora. E agora, na manhã da minha formatura, lendo aqueles dois textos, me senti como se embarcasse no túnel do tempo. ZUUUUM, e lá estava eu de volta ao passado, revivendo coisas, revisitando sítios.

Pra ver o poder que a palavra escrita tem! Umas garatujas de um moleque de calça curta jogaram por terra o discurso do homem, feito durante longas noites de meditação e pesquisa. Durante semanas.

O português não era lá essas coisas, mas o xodó pelo rio estava evidente. E, para um estudante de dez anos e meio, até que eu tinha muito repertório!

Minha mãe acertou em cheio no presente. Gostei tanto dos quadrinhos com meus trabalhos, que nunca mais consegui me desfazer deles.

As linhas falavam do rio, mas as entrelinhas falavam de um menino leal, coerente, transparente, responsável. Um menino que eu queria levar comigo, para me ajudar a trilhar os meus caminhos.

Capítulo 35

Os rios eram incansáveis.

Cavavam seu leito, abriam caminhos.

Se em frente não dava, eles se retorciam em curvas e curvas.

Se havia afluentes, eles os recolhiam, sem reclamar, com alegria.

Se a água era muita, eles derramavam.

Se havia surpresas, se o solo faltava, eles se despejavam em cachoeiras, em cataratas, num grito de dor pelo dilaceramento e a queda. Mas mesmo assim devolviam ao mundo um festival de beleza e de luz no feixe de sete cores do arco-íris.

Se as gargantas de pedra os oprimiam, eles passavam velozes. E prosseguiam. Sem parar pra pensar. Sem vacilar. Sem se lamentar. Cantando sempre a canção do rio. A canção da água. A canção da vida.

Só trabalho, trabalho, trabalho, sem jamais descansar. Cada barra, cada delta, cada foz, por mais que parecesse um ponto de chegada, era sempre, de novo, um ponto de partida. O mar era o destino dos rios. Estava certa a entrega!

Quem eu pensava que era, para ter bronca do mar? Milhões de anos assim, certinho, e eu...

Gagarin jamais soube da existência do meu rio querido. Não importa, eu soube. Eu sei. Sei e isto me basta.

Havia naquele mundo de água oceânica uma gotícula do meu rio em cada onda que vinha, arrebentava no rochedo, na praia, e voltava ao largo, transformada em espuma.

Então, graças a Gagarin, eu fiz as pazes com os oceanos e os mares.

ZUUUUM!... E agora eu estava ali, em transe, de volta do meu túnel do tempo. Bem no dia da formatura! Atordoado. Emocionado. Confuso.

No bolso havia um discurso frio, repleto de citações científicas. Na ponta da língua, um depoimento candente, repleto de vida.

Foi pela vida que eu optei naquela noite, quando me dirigi à tribuna para fazer a oração de despedida da turma. Comecei assim:

ERA UMA VEZ UM RIO, O MEU.
E ERA UMA VEZ UM MENINO, EU...

Falei de vocação. De sonho. De obstinação. De compromisso. Falei da missão a cumprir, pessoal e intransferível, que cada um traz dentro da própria mochila.

Contei por que eu decidira seguir o meu coração e estudar hidrografia. Para ser fiel ao amor de um menino pelo seu rio. E por um jovem piloto de 26 anos, que nos revelara nosso planeta azul, Yuri Gagarin, para quem eu pedi um minuto de silêncio, em homenagem póstuma.

Ao terminar eu disse que cada um de nós tinha um motivo para estar ali. Um tinha vindo por causa do seu vale. Outro, pelas suas montanhas. Outro, pelos peixes mortos na sua praia. Outro, pela seca do seu nordeste. Muitos, porque queriam simplesmente ser professores de geografia ou de biologia. Eu disse que havia um planeta azul, ao qual todos iríamos jurar fidelidade e respeito naquela solenidade. E ele precisava de nós.

Falei de improviso, "com a alma", como dona Matilde me ensinara. Por duas vezes precisei respirar fundo, dar um tempo ao meu coração, para que ele se acalmasse.

Eu era pouco mais que um menino. Imberbe ainda. Tinha só 23 anos, mas já sabia onde ficava o meu norte.

Capítulo 36

Depois de formado eu estudei pra burro, muito mais do que havia estudado na faculdade. Fiz especialização. Mestrado. Doutorado. Escrevi teses. Livros. Proferi palestras em línguas estrangeiras. Participei de debates e conferências. Rodei o mundo. Quanto mais eu sabia, mais difícil ficava voltar.

Os anos foram passando. Rapidamente no início, repletos de trabalho, de concursos, de pesquisas. Depois, lentamente, repletos de viagens, de convites, de títulos, de vistos no meu passaporte. Por último, repletos só de aflição. Então foi me batendo uma saudade finiiiiinha...

Sentia saudade da minha mãe. Do cheiro gostoso da comida que ela fazia: carne moída com batatinha, arroz com feijão, farinha de mandioca, ovo estrelado, pimenta-de-bode e um jilozinho. Saudade do cheiro, vê se é possível!

Sentia saudade do meu pai. Dos cinco irmãos, que eu chamava de "meninos", mas já eram todos pais de família. Do meu avô, já agora liberado para sempre das missas de domingo. Do meu anjo da guarda, tia Zeré. Da minha avó, a quem eu não poderia mais pedir desculpas pelo atrevimento.

Sentia saudade dos amigos. Dos rachinhas. Da cidade. Da ponte. Da Pedra do Sino. Da Espoleta, que morreu de parto. De Siá Joana, que morreu de velha. De Zarita.

Meu Deus, me esqueci de Zarita!... ZA — RI — TA! O que foi mesmo que me amarrou naquela menina? Agora eu sei. Foram seus olhos turvos, da cor do meu rio.

Eu lhe prometi que voltava um dia, mas nunca voltei. Malandro, eu, hein? Coisa feia!

De todos eu tinha saudade. Do rio eu tinha banzo. Aquela saudade doída, apertada, engasgada, cheia de culpa...

As notícias que vinham de casa falavam de uma cidade próspera, cheia de chaminés e caldeiras que geravam emprego e progresso. E impulsionavam o comércio.

Falavam da Universidade Federal e seus múltiplos cursos. Da moçada bonita e sabida que vinha estudar, obrigando nossa cidadezinha a crescer em pensionatos, repúblicas, lanchonetes, barzinhos, botecos, restaurantes, hotéis, motéis, postos de gasolina, oficinas mecânicas, clubes, hospitais, supermercados, *shopping centers*, cinemas, igrejas, religiões, sacolões, butiques etc. etc. etc.

As cartas, jornais e revistas mostravam um Distrito Industrial crescente. A implantação de cursos profissionalizantes. Uma rede bancária pujante. A chegada das multinacionais. Só do rio é que ninguém falava nada. E eu pensava: mau sinal, preciso voltar urgente!

FIM

Capítulo 37

Então eu voltei.

Na bagagem eu trouxe uma mulher de cabelo de fogo e olhos azuis. E um menino idem, de nove anos.

Ele nada sabia de lambaris, de piabas, de bagres, de cascudos.

Não conversava com rios. Não nadava pelado. Jamais tinha visto a Pedra do Sino. Nunca tinha fisgado um piau. Não havia jamais suportado a picada de um borrachudo enquanto mordia os lábios, coração disparado, olhos parados, fitando a linha de náilon retesada, dançando presa à boca de um peixe rebelde. Nem minha língua falava direito. Chamava-se Yuri e era meu filho.

Meu filho não viu nada de especial naquelas águas grossas, barrentas, poluídas, fedidas, nojentas, do meu amadíssimo rio, agora mais morto do que vivo. E ainda bem que não viu a água salgada que verteu do meu coração, saltou dos meus olhos, rolou pela barba grisalha e pingou no chão.

Meu filho apenas disse, apertando minha mão:

— A gente vai ter que dar um jeito neste rio, não é, pai?

E eu respondi:

— Vai, filho, vai, com certeza.

— Só nós dois?

— Não, a gente vai ter que chamar todo mundo...

Capítulo 38

Depois que todos se deitaram eu saí pé ante pé. Queria percorrer sozinho aquele caminho.

Havia cães nos jardins de todas as mansões e eles latiam muito à medida que eu me aproximava. Outros latiam de longe, sem saber por quê. Só para avisar que estavam vivos. Despertos. De guarda. Por mera solidariedade. Era bom, porque me faziam companhia, mas era ruim, porque perturbavam o sono da vizinhança.

Mansões, quem diria! Não sobrara sequer um terreno baldio na nossa ponta de vila. Nosso campinho estava sepultado para sempre debaixo do asfalto da avenida marginal de duas pistas, toda iluminada.

Os "furacões" da banda de lá tinham edificado uma cidade moderna, cheia de prédios de apartamento, de largas avenidas, de lojas variadas, com fachadas de neon. Ou teriam sido expulsos para mais longe?

Caminhei pela ponte lentamente, deixando minha mão deslizar pelo parapeito de cimento. Queria acariciá-la docemente, silenciosamente, como convém, depois de uma tão longa ausência.

Ventava frio naquela madrugada de setembro. A lua saíra tarde, sem força, minguante. Era final de inverno, eu me lembro...

Não sei se foi o vento ou o rio, ou se foram ambos... Sei que alguém que me amava muito e andava louco de saudade foi trazendo de longe, quase imperceptivelmente, os acordes de um acalanto que eu conhecia tanto!...

Era a canção da água, a canção do rio, a canção da vida. O rio e o vento queriam dizer que eu era bem-vindo, apesar dos pesares, apesar da demora. Tarde, por mais tarde que fosse, era muito melhor do que nunca.

— Augusto? É você, Augusto? — o rio sussurrou, querendo que fosse eu, mas sem acreditar, depois de tanto tempo.

O céu estava nublado, com coisa que fosse chover.

— É você, meu menino? Meu coração está contando.

— Sim, meu rio, sou eu! — eu respondi com a voz embargada.

— Eu estava com saudade, meu filho!

— E eu, meu velho! E eu!

— Você demorou tanto!

— Eu não pude vir antes... — eu disse.

E ele respondeu serenamente:

— Eu sei.

— ...queria tanto...

— Tenho certeza disto! — ele afirmou.

— ...às vezes me dava um desespero tão grande...

— A lua me contava e eu sofria com o seu padecimento...

— ...e eu queria voltar imediatamente! — eu confessei.

— Desatino!... As pessoas são assim, vacilam muito, diferentes de nós, que seguimos sempre em frente. Eu tinha certeza de que meu menino iria até o fim...

— Certeza, meu amigo? — eu perguntei.

— Absoluta!

— E por que tanta certeza, se nem eu mesmo tinha?

— Porque você é meu filho, meu amigo... porque você me deu sua palavra de honra quando ainda era menino! — ele contou.

— Quando eu era menino?...

— É. Palavra de honra é coisa de menino.

— Faz tanto tempo, rio!... Quando era pequeno eu nadava pelado... pescava lambaris... colecionava lápis de propaganda... adorava meu avô... azucrinava minha avó... morria de vontade de ser Guto Crusoé... era o mais perna de pau no futebol... pensava que você era meu, se lembra, rio, e todo dia aprontava aquela gritaria:

— BOM DIA MEU RIIIIIIÔÔÔÔÔÔÔÔ!

— A gente se amava... Guto... a gente... se ama... para sempre!... — ele falou meio ofegante.

— Rio, você está tão cansado!?!... — eu observei aflito.

— Estou... mas vai passar... agora que... que...

— Calma, meu velho... respira fundo... devagarzinho, rio... assim...

— ...

— ...huuuummmm, que cheiro gostoso!... sente, meu amigo... é flor de jabuticabeira... respira!... que delícia!... que saudade!...

— ...

— ...calma, meu querido... calma... respira bem devagarinho...

— ...

— Rio?... Rio?... R i o?... R I O O O?

— ...

— Que foi que fizeram com você?... Quem foi?

— ...não foi... ninguém... Guto... não foi ninguém... — ele disse com muita dificuldade.

— Rio, fica calmo, eu vou... quem foi?... eu posso te aju... respira fundo...

— ...não foi... ninguém... Guto... foi... foi todo mundo...

— Eu... espera aí, meu velho, eu vou... calma...

— ...vai chamar todo mundo, meu filho... todo mundo...

— ...respira fundo, meu rio valente... assim... calma... Amanhã sem falta eu vou... amanhã bem cedo, eu prometo... RIO?... R I O ?...

— Guto... eu... eu estou... morrendo! — ele confidenciou, arfando. — A areia... o esgoto... o lixo... a química... as vacas mortas... os cachorros mortos... os pneus velhos... não são meus afluentes... Me ajuda!

A tragédia estava iminente. Então o vento, que naquele momento ventava forte por ali, percebendo minha fragilidade, passou por mim despenteando meu cabelo encaracolado, como se me acarinhasse... Era como ele sabia dizer eu te amo, um jeitão estouvado, moleque, brincalhão.

— Engole essas lágrimas, Guto, agora a gente está junto, está tudo bem... Eu até vou cantar e dançar, olha, vem comigo! — ele convidou.

Enlaçou a ponte num abraço, arrancou as folhas secas do ipês amarelos e dos jacarandás e as varreu para longe... E foi descendo, possante, gelado, veloz, animado, empoeirado, enfolharado, rio abaixo, zunindo nas pedras basálticas, cantando a canção do rio, a canção da água, a canção da vida, de que eu gostava tanto, enquanto contava, aos quatro ventos, que eu voltara.

As lágrimas vertiam fartas e mansas dos meus olhos. Depois de tantos anos, de tanta vacilação, de uma espera tão cheia de aflição, de um exílio que parecia nunca mais ter fim, a alegria do reencontro me nocauteava.

Não havia muito a comemorar. Ou será que havia? Havia, sim. Havia um restinho de vida, valia a pena celebrar.

Ver meu riozinho assim, terminal, me dava uma tristeza infinita. Mas eu podia ajudá-lo, eu sabia como e ainda havia tempo. E eu chorava de alegria, porque ainda havia tempo e eu sabia como...

O rio precisava de mim e de todos. Mais de todos do que de mim. Eu tinha ido tão longe, sentido tanta saudade, me esforçado tanto... Mas o sucesso daquela batalha dependia de todos.

Desde menino eu sabia, como se fosse uma intuição, um pressentimento... Alguém tinha posto aquela tarefa dentro da minha mochila... Pessoal e intransferível. Era o meu compromisso. Seria a minha missão?

Capítulo 39

Pensei que estivesse sozinho na beira do rio, mas vi dois velhos perto de mim. Tinham chegado agora? Fazia tempo? Oi, vô!?!... eu disse em pensamento.

— Veste o agasalho, Augusto, está muito frio. O dia já vai amanhecer. Bem que sua mãe falou que você só podia estar aqui. Vamos pra casa, filho, amanhã você pensa. Vem! — meu pai chamou.

Olhei em volta procurando meu avô. Ele não estava mais ali, mas era como se estivesse.

Fazia frio. Vesti o paletó e decidi voltar com meu pai. Era pertinho, só três quarteirões.

Na subida da ladeira eu fui resumindo para ele as etapas do trabalho. Ia ser demorado. Talvez levasse anos e anos. E ia custar caro. Havia recursos fora do país, era preciso buscá-los.

Era preciso envolver todo mundo, a imprensa, as pessoas, o comércio, a indústria, as igrejas, os estudantes, os fazendeiros, os sindicatos, a cidade vizinha onde ficava a nascente, a universidade, a prefeitura, o governo estadual, o federal...

— Que encruzilhada, hein, Guto? Quer dizer que, ou se salva o rio, ou se salva o rio? — meu pai perguntou, já na cozinha.

— Pior ainda, pai. Ou se salva o rio, ou se perde a vida! — eu expliquei. — A humanidade tem que resolver esse impasse.

— Então tá danado! Se eu prestar pra alguma coisa, conta comigo, meu filho.

— O senhor? O senhor é linha de frente, pai, barranqueiro deste rio desde pequeno!!... Já pensou se o vovô estivesse aqui?

— Seu avô ficou um velho muito rabujento, sabe, Guto? Como todo velho, principalmente depois da morte de dona Augusta e de Teresinha... Aquela eclampsia inesperada levando a mãe e o bebê... Foi terrível! Zeré era uma filha muito carinhosa, o velho ficou desnorteado.

— Como é que pôde acontecer isso, pai?

Papai contou que pouco a pouco vovô foi tomando birra do rio. Achava que ele era o culpado do meu sumiço. Abandonou a ceva e raramente pescava, impaciente com os borrachudos, com a algazarra da meninada, com a porcariada jogada no rio...

Contou que ele sempre falava: queria tanto que o meu Gutinho fosse bancário! Mas eu adivinhei, desde cedo, que ele ia acabar sendo cientista ou poeta. Porcaria de rio, fez meu neto ir embora...

— O rio me mandou embora, pai? Ele achava?

— Papai estava caducando, Guto — mamãe contou, fungando —, não falava mais coisa com coisa. Ele era muito agarrado com você, sentia sua falta, você era o neto predileto, ele nunca escondeu isso.

Tomamos o café quentinho, só nós três, mamãe, papai e eu, naquela cozinha enorme onde eu sabia, de olhos fechados, onde ficava tudo, a lata de broa, a lata de biscoito, a lata de polvilho doce pra fazer pão de queijo...

Geógrafos são cientistas? São poetas?, eu pensava calado, vendo a fumaça sair pelo bico do bule verde de ágata.

— E você acha, meu filho, que este rio tem cura? — perguntou minha mãe interessada.

Eu disse que tinha, só dependia de nós.

— De nós, quem? — ela quis saber.

E eu lhe disse que nós era todo mundo, inclusive nós três.

— Nós é todo mundo, inclusive nós três? — ela perguntou rindo.

Então nós rimos muito, à toa, um riso bobo, gostoso como aquele café quentinho. Riso de gente que se ama. Que é feliz com qualquer pouco.

Capítulo 40

Quando Yuri chegou na cozinha, meio sonolento, meu pai sentou-o no colo e disse: vem cá, meu neto, eu vou te contar uma história muito linda. E começou devagarinho, escolhendo as palavras mais fáceis para aquele netinho gringo.

— Era uma vez um rio pequenininho que passava perto de uma cidade pequenininha onde morava um menino pequenininho...

— Assim, desse tamaninho, vovô? — ele perguntou, juntando as duas mãozinhas.

— Não, o menino era mais ou menos do seu tamanho... — corrigiu o avô.

O menino se pôs de pé, conferiu o próprio tamanho com o olhar, desde os ombros até os pés e protestou:

— Eu já sou grandão, vovô, olha o meu tamanhão!

O avô olhou, olhou, olhou... olhou aquele menino de olhos azuis, parecido comigo, talvez se lembrando de que me pusera tão poucas vezes no colo quando eu era pequeno... Então, tentando recuperar o tempo perdido, abraçou Yuri e o pôs de novo no colo, com os olhos já mareados.

— E o rio, vovô? — ele perguntou.

— Que rio? — o avô respondeu, já completamente perdido nas lembranças, nos remorsos.

— O rio da história! Não tinha um rio bem pequenininho na sua história, vovô?

— Um rio?... Não... quer dizer, tinha... tinha sim... tem...

Minha mãe, compreendendo o embaraço de meu pai, acudiu:

— Tem sim, não era um rio tãããããão pequenininho assim... Era como o nosso, que passa aqui bem pertinho, no fundo de casa...

— Ah, sei, eu fui lá ontem!... E aí, vô, conta!... — ele pediu.

Então meu pai contou que o menino amava aquele rio mais do que tudo na vida e, para confirmar, me perguntou:

— Não é, Augusto?

Aí foi a minha vez de dar um milhão de piruetas e cambalhotas rumo à infância, passageiro, outra vez, do túnel do tempo do meu coração, plugado nas minhas saudades.

— ...mais do que tudo na vida... mas o rio também amava o menino... como amava!... — eu disse vagamente.

— Menino esquisito, não é, pai? — ele disse.

Eu respondi que não, que o menino não era nem um pingo esquisito... era um menino feliz... feliz... só isso.

Curioso com a história, Yuri quis saber o que faziam aqueles dois malucos, o menino e o rio. Então meu pai contou.

Contou que o menino brincava na beira do rio, nadava, pulava de ponta da Pedra do Sino, jogava futebol na várzea, criava girinos, pescava, tinha uma ceva de milho só dele e do avô, onde eles dois...

— Ele tinha um avô? Como era esse avô? — Yuri quis saber.

Eu respondi que o avô era muito legal, muito, muito, muito legal!

— E aí?

— Aí — meu pai continuou — todo dia esse menino inventava uma desculpa para ir ao rio.

— Fazer o quê?

— Pra conversar com o rio — eu expliquei.

— Eles conversavam? — Yuri perguntou.

— Conversavam horas e horas, o menino falando de boca fechada, e o rio respondendo baixinho, dentro do coração do menino — eu disse.

— Mas que língua eles falavam? — quis saber Yuri.

— ....?

— ???

— ...o menino falava... falava português, é claro, ele só sabia falar português... — eu respondi, meio humilhado.

— E o rio?

— O rio?

Eu me perdi na singeleza da pergunta. A vida inteira eu havia conversado com o meu rio e nunca me dera conta deste pequeno detalhe, aparentemente tão insignificante. Em que língua o rio falava comigo?

— O rio?... O riiiiooooo?... O rio falava...

Foi minha mãe, sempre atenta à conversa, quem encontrou a resposta plausível.

— O rio falava riês, tá bom assim, Yuri?

— Riês, minha avó?

— É... riês!... Riês, como português... japonês... francês... riês...! Rio, riês...

— Um rio que falava riês, pode, vovô? Que história mais legal! Era uma vez um rio que falava riês... — ele falou, rindo.

E Yuri foi rindo, rindo, rindo, como se um rio que falasse riês fosse a coisa mais engraçada, mais estapafúrdia, que ele jamais ouvira na sua vida.

Minha mãe riu também, porque achou aquela risadinha tão gostosa, assim, ao raiar do dia, naquela cozinha onde, há muitos anos, tantos meninos dela tinham dado tanta risada!...

Meu pai riu também, gostosamente. De novo abraçou o neto com força, com carinho, decerto pensando ou querendo me abraçar, menino.

E eu ri da bobagem dos três, onde é que já se viu, um rio que falava riês!

Se pudesse, eu parava o tempo ali, naquela quadra da minha vida. Mas o rio que morava no meu coração gritou bem baixinho: quem você pensa que é, pra parar o tempo, hein, Augusto? Vai cuidar da vida, vai, que eu tenho muita pressa!

Eu me levantei de um salto e avisei que tinha que me apresentar às 9 horas em ponto no departamento de geografia da Universidade.

Chamei meu pai para ir comigo, mas ele fez que não com a cabeça. Tinha coisa mais importante a fazer, ele disse. Ia levar o neto para conhecer a Pedra do Sino e o rio que falava riês.

— Você sabe essa história? — me perguntou Yuri.

— Mais ou menos — eu respondi engasgado.

— Depois você me conta, papai?

Glossário

Barbatimão: árvore do cerrado, cuja casca tem poder bactericida e é usada para tingimento de lã e algodão.
Biloca: bola de gude.
Boião: utensílio de cozinha, bojudo, de boca larga, de louça ou vidro, usado para guardar doces, bolachas ou leite azedo.
Butelona: grandona.

Canivete: peixe de água doce, pequeno, listrado, habitante dos ribeirões do planalto central.
Capão: porção de mato isolado, encontrado à margem dos ribeirões na região do cerrado.
Ceva: pesqueiro tratado com milho ou mandioca para atrair peixes de água doce.
Chatobinha: baixinha e gordinha.
Curicaca: ave pernalta da América do Sul, de dorso cinzento com brilho esverdeado.
Curriola: fruta do cerrado, de casca cinza.

Destramelar: abrir a tramela ou taramela.
Dobadeira: objeto de madeira onde se desenrola o novelo de lã ou algodão para fazer a meada e possibilitar o tingimento.

Embatumado: denso, compacto.
Engarranchado: enredado em garranchos, em espinhos.
Especula: perguntador.

Frejo: o mesmo que frege, barulho, confusão.

Gabiruzada: bezerrada desnutrida, desmamada precocemente, peluda, sem viço (por analogia, crianças franzinas).

Lobeira: árvore do cerrado, de tronco e de folhas espinhentas, que produz a fruta-de-lobo.

Mandis: peixes de água doce, cor de prata.
'Mboitatá: cobra grande.
Metidez: vaidade, arrogância.
Mulata: ave da família dos papagaios, de plumagem verde, capaz de reproduzir sons da fala humana.
Mutum: ave galiforme, preta, de rabo longo e topete eriçado.

Passaroco: desatento, lerdo.
Paturi: pato pequeno, habitante das regiões lacustres.
Perdigueira: cadela que caça perdiz.
Perrenguice: fraqueza, desalento, doença.
Piapara: peixe de água doce, da bacia dos rios Paraná, Paraíba, Paraguai e Doce, cujo corpo tem faixas escuras.
Pingaiada: pinguço, bebedor de pinga, cachaça.
Piocozinha: bola de vidro muito pequena.
Podriqueira: coisa podre.

Rebojo: redemoinho causado pela sinuosidade do rio, caldeirão.
Ridica: econômica, pão-dura.

Siá-dona: importante, cheia de si.
Sofrê: passarinho.
Subieiro: assobiador.

Taboa: o mesmo que tabua, um tipo de erva.
Triscar: roçar levemente.
Tutameia: o mesmo que tuta e meia, quase nada.

Vasqueira: escassa, passageira, rápida.

Zebuzeiro: criador ou negociante de gado zebu.

Sobre a autora

Martha de Freitas Azevedo Pannunzio nasceu em Uberlândia, Minas Gerais, em 4 de fevereiro de 1938. É formada em letras neolatinas pela Universidade Mackenzie, em São Paulo, e em comunicação visual e artes, pela Universidade Federal de Uberlândia. Foi, durante 31 anos, professora de latim, francês e português, e se especializou em técnicas de redação e literatura infantojuvenil. Foi vereadora por dois mandatos.

Em sua fazenda, no cerrado mineiro, desenvolve o Programa Cerrado e Letras e o Projeto Bicho do Mato.

Martha só escreve sobre fatos e personagens concretos e os retrabalha de acordo com sua sensibilidade. Escreveu *Veludinho* (1976) — Prêmio de Literatura Infantil, INL/1979 —, *Os três capetinhas* (1980), *Bicho do mato* (1986) — Prêmio da Associação Paulista de Críticos de Arte/APCA —, *Era uma vez um rio* (2000) e *Bruxa de pano* (2002). Considera-se perfeccionista.

Seus livros têm merecido críticas elogiosas dos especialistas mais severos do Brasil. São lidos com muito carinho pelas crianças e pelos adolescentes, e constituem sucesso de vendas. Todos tiveram grandes tiragens, integrando projetos nacionais importantes, como Ciranda de Livros, MEC-FAE, Sala de Leitura, INL, Cantinho de Leitura etc. Quando lhe perguntam de qual deles gosta mais, Martha sorri e diz: "Livro é como filho, a gente gosta de todos."

Se você quiser falar com Martha, escreva para rua da Tijuca, 333/601 — Copacabana — CEP 38411-042 — Uberlândia, MG, ou para o e-mail: marthapannunzio@hotmail.com

Este livro foi impresso nas oficinas da
Distribuidora Record de Serviços de Imprensa S.A.
Rua Argentina, 171 – Rio de Janeiro, RJ
para a Editora José Olympio Ltda.
em junho de 2013

*

81º aniversário desta Casa de livros, fundada em 29.11.1931